U0108121

OLD TAIWAN STORE

老台灣柑仔店

3000件藏品、500多張圖片懷舊大蒐集

作者／蕭學仁

上旗文化

懷念古早味

去年參加國中同學會，在一家小型啤酒屋舉行，酒過多巡後，屋內傳來熟悉的音樂……「Goodbye to you my trust friend. We've known each other since we were nine or ten.……」，這不是安迪威廉斯唱的SEASON IN THE SUN嗎？大伙不約而同唱了起來，「We had joy, we had fun, we had season in the sun……」那一晚大家都醉了！

一首歌帶來多少的回憶，內心的悸動久久不能平息，難以言喻的情緒，是對童年時光的懷念？還是老友分離的不捨？記憶中的點點滴滴隨著時光無情的流逝；生命歷程中的甜美，在歲月的沙塵中消褪。

想要尋找孩提時的快樂天堂，於是開始拿起畫筆與記憶展開對話：背起相機尋找童年遺跡；隨手紀錄時空邂逅的心情，為自己擁有的童年做深度巡禮……，因而在一次又一次的感動中找到了回憶。

「老台灣柑仔店」這一本書，以生活化的角度切入台灣文化趣味，500多張圖片近3000件物品，希望喚起您我童年的記憶。「童年回速票」就像買了一張時空車票，讓我們快速的回到童年，也目睹台灣近年來的復古風潮；「時光機器」中我們重新走過童年的街道，柑仔店、百貨行、玩具店、零嘴店、老戲院、唱片行、剃頭店……，這些童年熟悉的場景，彷彿又回到歷史的現場，重溫了一場舊夢；「藏家紀念冊」深入10位台灣知名收藏家的庫房，一窺他們的收藏天地，分享他們的收藏心得；另外「帶你去尋寶」，透過專家的帶路，走訪全台灣尋寶的地點，公開許多古物商的進貨管道，讓有興趣收藏的朋友迅速掌握資訊，快速進入收藏殿堂；「童年樂園」是為了一圓童年夢，走入真實的虛擬世界，透過主題空間的再現，讓我們有機會真正觸摸到童年，細細品嚐老台灣生活的原味。

在製作本書的過程中，一直有一種使命感，也許是對台灣這

塊土地的強烈情感，想透過種種的方法對它表達，尤其在拍攝每一個鏡頭的時候，都認為是千載難逢的唯一機會，稍縱即逝，就像拍攝基隆美琪酒吧老看板，幾天後就無預警的被塗掉了。所以每次透過鏡頭看到了台灣的過去，心中的感動觸發著手上的快門，完成了好幾百捲的軟片紀錄；還有一次拜訪藏家，暢快的對談從早到晚而不自覺，待發現肚子餓到不行的時候，才察覺中餐沒吃；半夜寫稿的時候總是陶醉在童年世界中，「唱童歌」、「講童話」、「吃童年零嘴」……活像個"老玩童"；在照片無法傳達、言語無法形容的時刻，就拿起畫筆隨意塗鴉，畫出心中的「回味」。總之，這幾個月來過著非人般的「神仙生活」，可以任意徜徉在童年的美好時光中。

　　本書的問世，要特別感謝上旗文化的發行人陳照旗先生，原本是自己的一個「童年夢」，陳先生卻讓它「美夢成真」，讓讀者能夠分享曾經共同走過的歲月。也要感謝這次參與製作的編輯同仁，還有受訪的藏家毫無保留的協助，讓這本充滿古早味的書能夠順利的完成；最後要對所有保存老台灣文物的朋友們致上最高的敬意，因為有你們的付出，常民文化的美才能夠繼續延續……。

文字‧攝影‧繪畫

蕭學仁 (蕭邦)
alan.shaiu@msa.hinet.net

◎基隆文化圈的奇才，生活藝術家，熱中於社區關懷、商圈觀察。目前為基隆市形象商圈促進會財務長、社區規劃師；同時也是一位古董文物鑑賞家，集文字、攝影、繪畫多元創作者。
◎世新大學電影科系畢業
　曾於來來藝廊舉辦攝影個展、台北舊情綿綿咖啡館攝影演出
　兩地三通藝術饗宴畫展
　曾任統領雜誌專任攝影、大亨雜誌攝影主編
　緯來電視節目製作人、導演
　攝影作品「新茶店仔傳奇」、「開茶店」書籍

懷念彼當時

「柑仔店」，較貼近事實的寫法應該是「篏仔店」，是台灣早期雜貨舖的通稱。「篏仔」原是用來曝曬各種豆子、魚蝦等農漁產品的竹編盛裝物，一般農家也用來蓋在甕上，以防止昆蟲及其他異物侵入，因此也叫它「篏仔蓋」。由於輕巧實用、方便收納，且可以依大小需要訂製，以前的雜貨店為便於展售，也都用它來盛裝米糧、乾貨及糖果等物品；因此，只要走進店裡，首先映入眼簾的便是一堆「篏仔蓋」，老百姓們索性就叫它「篏仔店」(gam-a‧diam)。

由於一般字典裡並沒有「篏」這個字，本書特別取名讀音近似的「柑仔店」，希望更便於流通。

早期社交場所缺乏，扮演流通角色的「柑仔店」，自然成為一般庶民茶餘飯後的最佳傳播站。幾乎所有資訊、生活用品都可以在「柑仔店」裡找得到。現在的便利商店，雖然應有盡有、24小時開放，可惜從前那股濃濃的人情味也消失不見了。

出版這本書的目的，是為了追憶二、三十年前的「柑仔店」情味，順便找回淡淡的鄉愁；與一幕幕精采炫麗的兒時情景！

不管當時日子過得如何，回憶總是甜美的。哪怕只是一粒微不足道的「金柑仔糖」；或是一張印著諸葛四郎的「尪仔標」，每一件事物的背後都有一段精采的故事。這種懷念「那個時代」的熱潮，在物質不缺的年代，特別讓人覺得濃郁、香醇。

四、五年級生大概都還記得；在那個還沒有24小時便利超商的年代，「柑仔店」是每個孩子朝思暮想的焦點，店裡頭那些五花十色的童玩和零嘴，曾讓多少人心癢難耐、留連徘徊？另外，穿梭在家家戶戶之間的各種賣貨郎；有賣胭脂水粉的、喊玲瓏賣雜細的，也有專賣枝仔冰、麥芽糖、麵茶、粉圓、仙草的攤子，他們或挑、或推著手拉車，搖著鈴鐺、敲起鈴鼓、拉著特殊的嗓門吆喝著，在寧靜的大街小巷和鄉間小路上，吸引大小朋友、老弱婦孺的引頸企盼，當時的小朋友甚至把這種期

4

待，納入每天生活的重要事項。

　　曾幾何時，物換星移，這些摻雜著酸甜苦辣的童年回憶，隨著時代進步、慢慢的消失褪色了。即使有些用品玩具，以現在的眼光來看，實在登不上大雅之堂。可是，在物資普遍缺乏的年代，這些看起來有點寒酸的「老東西」；卻各自蘊含許多深遠的意義。

　　老東西代表著過去一段歷史的點滴，將這些點點滴滴串連起來，就是一部活生生的故事。由於距離現代仍近、記憶尚新，回想起來就特別親切；即使有些品牌或製品到現在還延續著，不過早已換了新裝，每當回憶起這些童年往事，總是讓人心中抹上一股酸意。

　　在外號「蕭邦」的細心蒐集紀錄下，這些兒時記憶，紛紛重現江湖，那份驚喜實在不可言喻。這些大部分已淹沒在時間洪流裡的「破銅舊錫」，分散在不同的藏家手上，能夠這麼完整的把它收集在一起，需要有過人的耐心和毅力才能完成。還好，蕭邦個人就是個收藏痴，本身的收藏品琳瑯滿目，已夠開家小型博物館；更難能可貴的是，他早期從事報導攝影工作，因此很能抓住影像的魅力，得以忠實地將兒時情景，重新展現在世人面前。

　　喜歡塗鴉的他，更親自為每一篇刊頭畫張內涵豐富的油畫插圖，極生動地將該篇主題意象描繪出來，充分表現作者的藝術天份，為這本已是難能可貴的"藏寶書"增色不少。蕭邦是個才華橫溢的音樂家；現代「蕭邦」卻是個十足的夢想藝術家！

　　不論你是哪個年代的人，只要喜歡，就請進入這個交織著夢幻與寫實的回憶樂園，一起感受「那個時代」的溫情時光！

發行人
陳照旗

contents

帽子　60F油畫　作者：ALAN

童玩總動員　60F油畫　作者：ALAN

剃頭椅　50P油畫　作者：ALAN

時間的河　15F油畫　作者：ALAN

童年回速票

快速瀏覽台灣近年來懷舊復古風潮

童年回速票

PART-1

懷舊、復古不是現代人的專利,失去才知道曾經擁有的可貴,

在不確定的未來,只有過去是可以咀嚼玩味的。

買一張童年〝回速票〞吧!

讓一幕一幕的童年往事隨著影像的重現,再一次喚醒純真的靈魂。

這一台童年列車,主要是乘載台灣五○至八○年代的生活記憶:

也就是台灣光復後大家胼手胝足走過的艱困歲月:

同時也造就了經濟奇蹟。

這一切,現在重新回味,實在甜美無比,

因為"有夢最美"。

童年回速票①

PART

開往基隆

當幾何時，童年是可以用來消費的。走進便利商店，玻璃牆上貼著懷念便當廣告，童年時代的復古零嘴佔據了店內最佳的櫃位，各式走紅過的冰品飲料紛紛捲土重來，四、五、六年級生輕易的就可以找到童年的記憶。

電視上播放著孫燕姿為五月天合唱團寫的新歌「王子麵」；連續劇只要復古就有票房；大導演史蒂芬史畢柏拍起五〇年代復古片；電腦網路上有人出高價尋找古早童玩；yahoo拍賣網站懷舊童玩高達四千多筆；7-eleven網站活動「喚起最初的感動」，獲得網友熱烈討論，高達5萬人次的點選率，因而獲得網路金手指創意獎。國父紀念館、西門 紅樓懷舊老歌演唱會，更是一票難求；ABBA合唱團老歌經典在FM電台不斷打廣告；寬邊眼鏡、喇叭褲，流行向前看，再不然，花個幾十元就可以坐在重現40年前光景的台中老街，喝一杯泡沫紅茶；或者到黑狗兄餐廳吃一頓懷舊料理。

老郵筒、老鐵馬、黑松鐵牌......，
一切懷舊的事物，讓人睹物思情。

懷舊畫廊

帽子 60F油畫 作者:ALAN

牆上有一頂阿爸的帽子，

旁邊掛著他最得意的半打孩子照片，

動搖的「椅頭仔」靠在壁邊喘氣，

破牆不需整理就散發出藝術氣息。

阿公也有一頂和阿爸一樣的帽子，

最巧的是隔壁國心伯也有一頂，

有一天我發現送信的郵差也戴著同一頂帽子時，

天啊！這世界是怎麼了？

沒有這頂帽子的男人，好像沒有走過那個年代⋯⋯

懷舊運動風起雲湧，好像一切曾經發生過的美好事物，又重新活現在眼前。

書中透過大量的圖像，希望能夠搜尋你我童年的記憶密碼；開啟童年歡樂檔案，分享共同成長的喜悅。也希望透過此書，把台灣這三、四十年的生活趣味做一番整理紀錄。畢竟在歷史相簿裡，小小角落的一張純真照片，往往會帶給人們最深的懷念與快樂。

本書將帶您重新走過老柑仔店、老戲院、理髮廳、照相館、百貨行、玩具店、牙科等，兒時經常光顧的商店；也讓您看看舊時代的商業招牌、阿公的寄藥包、黑膠唱片、真空管、復古零嘴、古早娃娃、鐵皮玩具……，以及那些當年愛不釋手的大同寶寶、尪仔飄。同時還要帶您到台灣北、中、南一起去尋寶，了解古早文物的行情，介紹台灣懷舊主題空間，讓您知道何處購買童年記憶，尋訪台灣重要的古早文物收藏家，公開不曾曝光的重要收藏。

這一張童年的〝回速票〞，將帶著讀者快速穿越時空，回到童年的老街道。

一切美好的事物好像在昨日都已發生過……。

西門町的老木屐，告訴我們一件事：原來童年從來沒有離開過。

童年回速票

望子成龍的苛求,在三、四十年前的玩具積木上,就已經告訴了我們。

童年遊戲機。投幣按鈕後,小飛機開始旋轉,飛到你嚮往的地方……。

買肥料送便當!這叫做幽默。五○年代「歐羅肥」是家喻戶曉的肥料,在豬比人值錢的年代(因為只聽過小孩送人,沒聽過豬送人),能吃個歐羅肥便當,也算是種幸福吧。

我的第一部車,四兔傳動,還會發出美妙的聲音,帶領我走出人生的第一步。

1 還記得黑松汽水的滋味嗎？還有當年巷口柑仔店的阿伯？

2 童年時代大人養大豬、小孩養小豬，響應政府號召「一日一圓」儲蓄運動。1960年代開始，每年都超過GNP30%高儲蓄率，奠定了台灣經濟基礎，人人變成「有錢人」。

3 有大同電鍋的地方就有好吃的飯，1960年大同公司製造出第一只大同電鍋，幾乎是家家必備的家電用品；也是新娘子的嫁妝。我們都是吃大同電鍋煮的飯長大的。

4 買一張童年"回速票"吧！乘著鐵皮小火車，快速回到大同寶寶的時代。

5 四、五年級生對麵粉袋都有一份特殊的感情，當時爸爸穿著美援麵粉袋做成的內褲，上面印有中美合作的字樣，還寫著淨重22公斤。弟弟妹妹包著麵粉袋尿布，既透氣、吸水性又強；而且還可重複使用，很有環保概念，只有冬天比較辛苦，因為媽媽要生個火爐，蓋上一個竹簍子以便「烤尿片」。

6 「噹！噹！噹！枝仔冰又！」，家中沒有冰箱的年代，你吃過什麼冰品？雞蛋冰？四種蜜餞的「四果冰」？清冰加黑糖水？還是加紅、黃色素的「伊吉果」冰？紅豆冰淇淋？凍凍果？小粉圓加香蕉水？還是小美冰淇淋？

7 「咱那是心頭結龜球，就愛飲酒吸一下、吸一下哇好你敢知……」，這是布袋戲醉彌勒每次出現的歌。小時候每一首布袋戲歌曲我們都會唱，還會學他喝酒的動作。1970年黃俊雄大師每天中午在台視播出的「雲州大儒俠」布袋戲，創下空前絕後97%的收視率，總共播出了583集，難怪小學生在試卷上答出「最偉大的民族英雄是史艷文」，就不足為奇了。

8 「頭仔！燒酒一罐來！」，小時候常常聽到這句話，以為燒酒是一般酒類的通稱，直到有一天突然發現了真正的「燒酒」，驚奇之餘，才知道此酒名氣真大。

9 彈珠有水晶球般的魔力，照映出小朋友內在的渴望。

10 小時候常常被電影海報吸引，透過電影海報想像著各種情節，1965年大導演郭南宏拍的「懷念的播音員」，不是喜劇；也不是悲劇，是一部純正感傷劇，特別標榜大銀幕綜合體。當時台灣社會普遍貧窮，能夠看一場電影是件很不容易的事。

勢不可擋的懷舊風潮吹襲著四、五、六年級生，2002年9月全球知名拍賣網站ebay舉行「尋找台灣古早味：五年級生與六年級生的記憶探險」活動，票選台灣最具特色的15名古早商品，在1600多人投票後，有800多張網友票選給"古早菜櫥"，榮登冠軍寶座。

網站提供競標的菜櫥，是傳了三代的祖傳之寶，全部為實木所製，在早年沒有冰箱的年代，菜櫥可說是全家最重要的家具，既是菜櫃、也是碗櫃，甚至家中雜七雜八的藥品、戶口名簿都可以塞在這口百寶櫃裡，因此獲選為網友最懷念的古早商品，同時有20多人出價競標。

其次緊追在後的第二名懷舊物品是大同寶寶，第三名為諸葛四郎漫畫，第四至十五名依序為愛國獎券、科學小飛俠、愛盲鉛筆、古早火柴盒、老削鉛筆機、布袋戲偶、百年老鐘、紡織機、老龜模、古董算盤、蔣公銅像、

大同寶寶誕生到2003年已經34歲了，依然魅力不減，榮獲網友票選為最懷念古早商品亞軍，真是「國貨之光」。

烏龍茶廣告。這些陪伴著我們成長的古早物品，同時也在我們心中烙下一個深刻的時代記憶。

最懷念商品第三名得獎的是——諸葛四郎漫畫。葉宏甲大師在1958年發表了諸葛四郎漫畫，歷經44年還是得到大家的青睞，羅大佑在「童年」的歌詞中還念念不忘：「誰得到了那隻寶劍」。

買「愛國獎券」是否真愛國？
1969年發行的這張愛國獎券售
價5元，愛國的同時還要教育
國民，須遵守國民生活規範
（住的方面）：收聽廣播或收
看電視，要保持適當音量，不
可妨害周圍寧靜。

古早菜櫥榮登網路票
選最懷念古早商品冠
軍，反映出菜櫥跟每
一位台灣人生活關係
的密切程度。

1 2 科學小飛俠的魅力無法擋，遠傳易付卡、統一科學麵在2003年都重新穿上了科學小飛俠外包裝，挑戰你荷包的定力。還記得那首每天下午6點鐘要唱的歌：「飛呀！飛呀！小飛俠！在那天空邊緣拼命的飛翔，看看他多麼勇敢、多麼堅強，為了正義，他要消滅敵人；為了公理，他要奮鬥到底。飛呀！飛呀！飛呀！小飛俠！衝呀！衝呀！衝呀！小飛俠！我愛科學小飛俠，我愛科學小飛俠，多勇敢呀！小飛俠！」。

3 科學小飛俠中鳳凰號飛機。

4 火柴在童年生活中是很重要的東西，婦女生火、阿婆燒香拜拜、男人點煙，有時候還可以充當牙籤……，小小的一盒柴火，點燃許多童年記憶。

5 小時候不會看時鐘，時間都是憑感覺的。在電影院門口排隊等進場，覺得時間像停止般的慢；放學後和同伴玩騎馬打仗，時間卻過得超快！現在幫老鐘上發條時，都會感覺時間真正的流逝；記得才上緊的，一眨眼就停擺了。把握時光，用赤子的心情生活，一切事物將會變得有趣，讓人生每個階段都是漂亮的擺動。

6 老算盤也入圍了這次網路票選活動，柑仔店老阿伯戴著老花眼鏡，撥著算盤的模樣，時代容顏深印在五、六年級生的腦海裡。

7 先總統蔣公是超級政治巨星，「中正」大名遠近馳名，中正公園、中正機場、中正戰鬥機，各縣市都有條中正路等。蔣公魅力行走全台，入圍前15名實至名歸。

8 看布袋戲，後台肯定比前台精采，每隔幾分鐘就會有一場高潮戲，尤其是打鬥時「放劍光」，看老師傅提高嗓門，口沫橫飛；又轉身、又踹腳，「金光閃閃、瑞氣千條」，真是精采。

9 開喜烏龍茶因為有了開喜婆婆，成功的打出了茶飲新市場，開喜婆婆搞怪的造型很受年輕人的喜愛，造成了話題，產生很好的廣告效果。

童年回速票 ③

很幸運的，拜近年來復古風之賜，讓我們重新省思走過的歲月，懷舊運動的興起，讓我們有機會重溫童年快樂時光。透過有心人士的整理、收藏、包裝、創作，呈現在服裝、電視、音樂、餐飲、娛樂、玩具、食品等各種領域，它提供了社會更多元的空間，讓自己可以和記憶對話，選擇自己嚮往的時空，去圓一個童年未完成的夢，撫慰不安的心靈。懷舊也是一種商機，懷舊商品的出現，是年長者最樂於和年輕人分享的一種記憶。長者懷念、年輕者好奇，感性大於理性的結局，往往是快樂的掏出腰包，創造無數新商機。懷舊主義的盛行，也提供許多事物重生的契機，喚起公部門對常民文化的重視，保存常民

生活的點滴，讓歷史更具寫實。

　　懷舊復古不應該只是一種流行、一種時髦；它應該是一種新的認知、一種新的觀念，它是從母體孕育出的一種新生命；就像歐美藝術大師從自己的生活文化中汲取養分，也唯有確認和這塊土地的親情，才能產生截然不同的文化背景；創造屬於自己獨一無二的文化特色。從「懷舊大蒐集」中，激發自己的靈感，尋找從過去到未來的蛛絲馬跡……。

散步在歷史的街道，欣賞兩旁精緻優美的建築，想像昔日的流金歲月，柑仔店、裁縫店、剃頭店、棺材店、中藥行……，偶爾還看到老人群聚在「亭仔腳」下棋，屋內傳來「拉里歐」（收音機）賣藥的廣告聲，讓人有時空錯亂、不知置身何處的感覺。

童年回速票

1 好可愛的小木桶，下面推著一台帶輪子的小車子，這可是個很有趣的台灣俚語──「飯桶掛車輪」，意思是說笨到不行。

2「中國強球鞋」搭配「太子龍學生服」，超棒的組合，是小時候的夢幻逸品，只有在過年才可能穿到新品，不然像我在家中是排行老六的么子，永遠只能接收哥哥們的三、四手衣，布料還是那種硬得扣不起鈕子的卡其布。

3「三輪車跑得快，上面坐個老太太，要五毛，給一塊，你說奇怪不奇怪？」這首童謠說明三輪車時代，老太太、紳士、淑女是比較有機會坐的，小孩子就走路吧！三輪車伕很辛苦，尤其上坡時，客人有時還要下車幫忙推車，很有人情味，這些往事都只能回味了！

4 三峽老街農村文物館館長戴勝梧，是位極佳的解說員，談起文物來滿腔熱忱，小貨車就是他的流動展示館；心血來潮時還會自彈自唱一段「台灣小調」。街頭上如果多一點像戴勝梧這樣的人，生活就有趣多了。

時光隧道　15P油畫　作者：ALAN

時光機器

再一次走過童年的街道

PART-2

時光機器

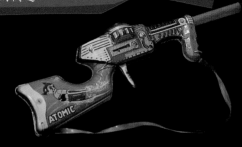

日本卡通哆啦A夢小叮噹有一台時光機器,能夠設定你想去的年代。

每次看到哆啦A夢的時光機,都投以羨慕的眼光,

如果能夠借來用一下,人生就可以重來,遺憾也可以彌補,

美夢豈不成真?

沒有魔法棒,沒有時光機,剩下的也許只是片段的記憶。

造一個夢吧!尋找造夢人吧!把一連串的夢集結起來,

讓童年的記憶,故事的場景,一幕接一幕的原音重現:

已經發生過的事,就不會忘記,

把握心中那最後一塊「童年樂土」,重溫一次舊夢吧!

再一次回到童年的街道……。

老台灣柑仔店

懷舊畫廊

柑仔店　20F油畫　作者：ALAN

童年的記憶，

柑仔店是一個偉大的地方了，

存放了許多孩子的希望，

也是大人騙囝仔的最佳場所。

放學的時候，我通常都會來到這個地方，

或許只是看看；或許只是發呆。

雖然天色漸漸地暗了，

小狗也趕著要回家，

我卻還在柑仔店前徘徊……。

老台灣柑仔店

小時候，每一條巷口幾乎都有一家柑仔店，每一次老闆看到我，不是喊歡迎光臨；而是說：「大頭，你今日那ㄟ沒去上課？你厝有人客來？」那種親切熟悉的問候，讓我有一種安全感，也是童年得到許多快樂的一個生活空間。

每天總是來回穿梭在柑仔店與家裡的路上，幫媽媽買鹽、買米、打油……；幫爸爸買酒、買煙……；也滿足自己金柑仔糖、泡泡糖、王子麵、彈珠汽水……的渴望。印象最深刻的一幕是，老闆把一個裝了錢的竹簍子，用一條長繩子從天花板上拉下來，找零錢給我。不然，就是用一本舊舊厚厚的賒帳本記上一筆，這樣就可以一個月付一次，我想，現在流行的信用卡，一定是來自這裡的靈感。

老台灣柑仔店

"柑仔店"滿足了家家戶戶的生活需求，也是每一位小朋友的心靈樂園，現在穿越時空重新玩味，就好像回到了童年快樂的時光……。

復古版的"春露商店"，帶我們重回到老柑仔店的現場。從日據時代的廣告布條、味素鐵牌、金鳥蚊香，1960年代王子麵、金雞餅乾盒、吉利果飲料、剉冰機、小學生制服，各式零嘴、轉圈圈遊戲機、送貨用鈴木機車，以及屋頂上曬著的中國強球鞋……，讓你目不暇給、嘆為觀止。收藏家吳傳治運用巧妙的佈置安排，呈現了讓人回味的歷史空間。

重現柑仔店

老柑仔店相關用品，是目前收藏台灣古早味趣品的發燒項目。從早期菸酒櫃、送貨用的帆布袋、牛奶箱、鐵馬、鐵牌、汽水瓶、舊香煙、火柴盒、菸酒證照、味素盒、蚊香、王子麵、DDT殺蟲劑、玻璃罐、金柑仔糖、廣告布條……，種類繁多、不勝枚舉。凡是跟老柑仔店有關的東西，都有人收藏，可能是老柑仔店和每一個人的成長過程太息息相關了，很有親切感；而且裝飾性又強，因此，有許多開餐廳、茶店、個性商店的收藏家，大量使用老柑仔店用品來吸引顧客；並且也確實產生很好的效果。以下介紹幾位夢想家是如何把柑仔店重現………。

台灣早期菸酒櫃，鏤雕的商標頗具美感。

這是一家古早柑仔店，歐吉桑可不是古早人，雖然在日據時代就開店了；但是到現在生意還是很好。坐落在九份基山街的碧基商店，門面是一座日據時代的菸酒專賣櫃，上方還鏤雕著日文煙草字樣，保存得相當完整，煙櫃內有各式的台灣煙、進口煙；酒櫃內卻是擺著各種軟片，這可能是九份觀光業太發達了，賣軟片比賣酒流通快，所以就變通一下囉！店門外還兼賣雨傘，生意更棒，店裡也賣珠寶玉器，柑仔店就是這麼的無所不能，下次經過時不妨仔細觀看一下。

「頭家！新樂園一包，紅露酒一瓶！」這一家柑仔店生意不錯哦！貨色齊全，有味王味素、壺底油、七星汽水、納姆內彈珠汽水、番仔火（火柴盒）、津津味素、維他露、存錢豬公、尪仔標、華年達、榮冠果樂、雪印奶粉、維他露、鑽石餅乾、彈珠陀螺、金柑仔糖、王哥柳哥遊台灣、生力麵、黑松果露、耳朵餅乾……本店甚至還賣歐羅肥，很有意思吧！收藏家胡宏明運用了豐富的想像力，重現了心中的柑仔店。

重現柑仔店

①台灣公賣香菸，風光了數十年；新樂園、順風、檳榔牌、珍珠牌、香蕉牌、七七香煙、克難煙、新台雪茄、814、復興、莒光、長壽煙、粵華、金門、寶島煙……，名稱多到讓你數不完。這些香菸在艱苦的時代，排解了男人心中的苦悶。享受之餘，不要忘了煙盒上的提醒「增產報國、反共抗俄」！

②納姆內──彈珠汽水，是童年最美味的記憶。壓下彈珠那一剎那，充滿了趣味和驚喜，特殊的氣味，隨著打嗝擺動，把所有的滿足都寫在臉上。

③日據時代台灣人開的柑仔店，門柱上的煙草小賣所、養命酒廣告鐵牌，店老闆身後的菸酒專賣櫃，均呈現當時柑仔店的精緻風貌。

④各式各樣的台灣老酒，相信有很多人是用它來寫日記吧？

5 台灣日據時代味素鐵牌，目前古玩市場的流通價格約10,000元。

6 味全公司是台灣知名食品公司，在1967年花費10萬元請到日本CI設計大師大智浩設計了五個圈圈的味全商標，代表五味俱全，同時也排成一個W字形。

7 買不起新煙、老酒的朋友，機會來了！只花一塊錢，抽一檔紙牌，就有機會抱兩瓶紹興酒回家。

8 雙喜、新樂園是當年極紅的香菸，菸槍們應該還記得它們的味道吧？

9 矮、肥、短的老台灣啤酒，有沒有比現代版的可愛？

10 百事可樂特大瓶裝770cc，第一代玻璃瓶，未開封者價格約1,000元。同款可口可樂未開封者價格高達10,000元左右。

11 日據時代掛在柑仔店門口的可愛小鐵牌，賣菸草的人又稱為「菸草小賣人」。

12 1970年代王子麵廣告看板。

13 開門七件事中，鹽佔了很重要的地位，柑仔店當然有賣鹽。既然賣鹽是大事，招牌證照就要編號。

14 老柑仔店賣最多的是什麼呢？當然是味素粉，台灣料理沒有味素是做不出來的。味王、味全、味丹、味寶、味香、味福、味聯、味鮮、津津、天鵝、王全……，品牌多到讓你數不完，你才會知道它的重要性。

煙草小賣所
煙草小賣人

⑪

⑫

⑬

⑭

老台灣柑仔店

快樂的舊時光，總是要來一瓶可口可樂。

⓯黑松汽水，曾經是台灣飲料的代名詞，結婚、宴客、辦桌、拜拜……都離不開它。綠色瓶子，紅白色標籤，俗又有力，很有本土的親切感，目前未開封的古董黑松汽水，市價一瓶約1,000元。

⓰黑松沙士廣告鐵牌。

⓱1955～1971年黑松公司所使用的企業識別，這麼大的瓶蓋標誌，掛在柑仔店門口，真的很有創意。同時黑松公司在1956年購置全省第一台自動汽水製造機，創全台業界之先河。

⓲黑松沙士是1950年由進馨汽水有限公司（黑松前身）開始生產。小時候記得感冒發燒的時候，母親都會買一瓶黑松沙士給我喝，味道雖然怪，但是很甜很好喝，對病情好像很有幫助。最近到一位古董界的好友家中作客，他居然開了一瓶30年前的黑松沙士請我喝，我充滿懷疑時，看他痛快喝下了一杯，還告訴我，這是他談生意時保養喉嚨的方法哩！

⓳花鳥圖案毛玻璃，小巧可愛。玻璃罐越小越貴，目前古玩市場炒得正火熱，一個價格約2,000～3,000元。

45

20

21

20 「一家烤肉萬家香」是萬家香醬油的經典口號，雖已過了數十年，許多人都還能琅琅上口，可見當時廣告的成功。「黑矸仔裝豆油」這一片廣告看板，勾起了30年前的回憶。

21 樓上樓下搶搶滾，「鹿港柑仔店懷舊餐廳」生意好到不行，成功的運用老柑仔店文物，讓用餐者還能夠來一趟懷舊之旅，難怪門庭若市。

22 用了幾十年的鐵盒，還是捨不得扔掉的，大概只有金雞餅乾才有如此魅力。

23 典型老台灣柑仔店玻璃罐，早期是鋁蓋，後來才有塑膠蓋。用來裝糖果、餅乾、茶葉、味素也可，玻璃本身氣泡很多，雖不精緻；卻有一種樸拙之美，兼具實用價值。

老
　台
灣
柑
　仔　店

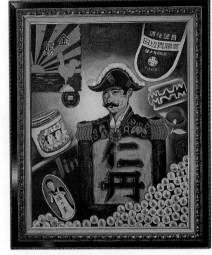

仁丹　30P油畫　作者:ALAN

兒時很喜歡向爸爸要仁丹吃，

從小瓶子中倒出幾顆小小的仁丹，

更顯得神秘珍貴，

放入嘴巴，總會特別的去感受回味。

瓶子上那位穿大禮服的將軍，英挺神氣，讓人充滿了好奇，

認為是那個時代男人的典範；

女人溫柔賢淑像雙美人牌乳膏一樣，

在家裡用味之素做好美味料理等待英雄的品嚐……

走在現代化的街頭，五花八門的招牌讓你目不暇給，爭奇鬥艷，強迫你的視覺，阻礙你的動線，誇大而冰冷，不禁讓人思考商業的繁榮是否帶給人們更多的尊重，令人懷念起那種富有秩序而又風格別具的舊時代廣告招牌。

童年時代，印象最深刻的就是「柑仔店」，門口掛著瓶蓋形狀的黑松鐵製招牌，也有些店家掛上台灣省菸酒公賣局「菸酒」廣告鐵牌，簡潔有力的設計，讓人們很容易辨識。這兩種廣告鐵牌述說著那個年代，黑松產品和公賣局菸酒是柑仔店很重要的商品。

隨著品牌的增加，我們開始在柑仔店或是其他商店內，看到更多的廣告鐵牌；像是王子麵鐵牌、各式黑松產品鐵牌、七星汽水、榮冠果樂、台豐汽水、維他露汽水、白鹿汽水、歐羅肥、味全、津津、食鹽、雪泡洗衣粉、華年達、吉利果、蘋果西打、新一點靈A眼藥、可口可樂、百事可樂、萬達汽水等；甚至看到日據時代各種廣告鐵牌，像是味之素、中將湯、太田胃散、煙草、鹽、酒、仁丹、資生堂石鹼(肥皂)、花王、森永奶粉、福助足袋、朝日乾電池、明治奶粉、胃活、虎月、養命酒、月星靴、煙草小賣所、純良白葡萄酒、銀櫻洗石鹼等。觀看這些廣告鐵牌的同時，就像走一趟台灣近代生活文化史之旅，既豐富又充滿趣味。

黑松1976～1986年間使用的鐵牌。黑松鐵牌種類繁多，圓形、方形、掛門口、釘牆上、單面、雙面，有些招牌下方留白可以讓店家書寫店名，可見當時黑松企業是極注重廣告行銷的公司吧！

好可愛的公用電話鐵牌，是很
多藏家心中的「夢幻逸品」！

仔細研究老台灣這些鐵牌，大致可分為兩類質材。年代較早者幾乎都為琺瑯質材，圖案、字體浮突，色彩分明飽和，雖歷經風吹日曬雨淋，品相還是相當完好。反而是近代很多噴漆式鐵牌，質材單薄，顏色容易剝落，幾年下來就有一點殘敗頹廢了，不過倒也反映了它的歷史，這些老舊鐵牌，台灣話通稱為「歹銅舊錫」。

　　目前台灣有很多人喜愛這些「歹銅舊錫」，許多收藏家夢寐以求，希望能夠擁有這些阿爸、阿公時代的廣告物品，甚至有收藏家刊登廣告尋找舊時代招牌，藏家年齡也有越趨年輕化的現象。珍貴稀有的老招牌，一片叫價一、二十萬也是時有所聞。市場上最熱門的老招牌歸納起來有六種特質，

首先是有「人形」圖樣，最受歡迎的有：仁丹、大學目藥、福助足袋等；其次有「具像」圖案的：像金鳥蚊香、虎印煉乳、公用電話等；再來是有「LOGO」圖案：像黑松、可口可樂、資生堂等，最好是有「漢字」，而且是「雙面」可看，如果又是一個「不規則」形狀外型，那肯定是一件搶手貨。「歹銅舊錫倘賣無」，可是很多藏家的心聲。

早期菸酒公賣局鐵製招牌，鐵牌上有經銷商編號，號碼越小代表該家零售店的開業時間越早，當時店家鐵牌如果遺失，必須馬上登記，否則被別人拿去掛牌販賣假酒的話，可要負連帶責任。目前公賣局已經換發新長方形菸酒鐵牌，老式圓形鐵牌反而水漲船高。

黑松1955～1971年間所使用的鐵牌標誌，瓶蓋造型，裝飾性強，很受古董市場喜愛，三種尺寸價格落差很大。最大型形狀較扁、市場價格約5,000元，中型形狀較圓、數量較多約2,500元，小型形狀較扁、數量少且貴約10,000元。

日本知名葡萄酒AKADAMA廣告鐵牌，很富有日本人的愛國色彩。

1970年代黑松可樂廣告鐵牌，當時喝可樂還是蠻時髦的飲料，這個頗有年紀的鐵牌，市場叫價6,500元。

1 公用電話老鐵牌，中文由右至左，英文由左至右，電話還是圓盤撥號方式，目前古玩市場並不常見。

2 早期可口可樂鐵牌，瓶子形狀很可愛，可口可樂產品相關古物一直是市場上的搶手貨。

3 國產品維他露汽水，很多老朋友大概已經忘了它的味道，但是維他露老鐵牌市場正熱著呢！維他露公司後來生產的維他露P、舒跑運動飲料、御茶園都是很成功的新產品。

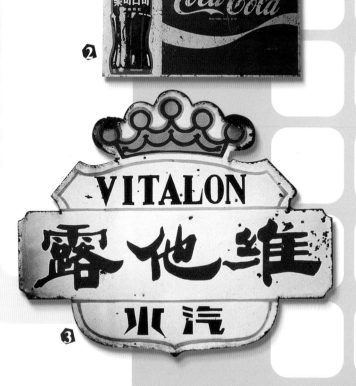

4百事可樂，是可口可樂的死對頭，老鐵牌經典的商標設計，也很受古董市場的青睞。

5榮冠果樂就是美國老牌RC可樂，想起來了嗎？

6富泉公司1960年代七星汽水鐵牌，品相保存還不錯，價格約3,500元。

7日據時代金鳥蚊香廣告鐵牌。金鳥蚊香早在明治23年（1890）就開始販售，當時是長形線香，直到明治35年（1902）開發出金鳥渦卷形蚊香，使用時間增加七倍以上，因此完全取代舊形線香。

❽翹鬍子仁丹壓克力廣告看板，早期懸掛在藥房門口，現已罕見，市場行情曾經有20,000元以上成交價。

❾昭和4年(1929)銀粒、小粒仁丹鐵牌，黑、白、黃、紅、藍五種顏色非常飽滿，充滿帝國主義風格的人物造型鮮明，是鐵牌藏家的「夢幻逸品」。當時台灣的仁丹鐵牌都是從日本進口，目前市價約2～3萬元，仁丹是日本森下博士在明治28年(1895)發明，行銷到全世界稱為「藥的外交官」。

10 日據時期，台灣街道招牌懸掛頗有秩序。

11 「味之素」是日本理學博士池田菊苗先生的重大發明，改變了東方人的烹調習慣，明治42年（1909）正式發售，是世界食料界的一大革新。

12 這一桶可不是普通的醬油，而是純古法釀製的醬油，日據時代萬歲牌醬油木製招牌，造型可愛，保存狀況良好，古玩市場約25,000元。

13 「中將湯」在台灣可說是婦女調養品的代名詞，早在明治26年（1893），由津村順天堂發行販售，強調「婦人病的妙藥」。

世界の調味料
味の素
靈錄商標
味の素株式会社

14 很可愛的虎印煉乳鐵牌，造型就是一罐煉乳，是由森永煉乳株式會社生產。

15 日據時代，基隆哨船頭（義二路）一帶，日人所經營的商店街道，招牌林立，顯現當時商業活動頻繁。

16 小時候在基隆崁仔頂漁獲批發市場，常看到阿伯仔穿這種特殊的鞋子，工作起來止滑又方便。日據時代居然有這麼可愛的廣告鐵牌，可見當時一定是相當暢銷的產品，最近在台北西門町紅樓劇場旁小百貨行還看到有販售這種用鞋，趕緊買一雙當紀念品。

17 日據時期，商業分工較細，酒和煙是各屬不同商店分開賣，鹽、味素也是分開賣。

18 「莒光商店」，看到名字就會聯想到眷村的雜貨店。老闆一定是個手臂上刺有「反攻大陸」字樣的外省老鄉，顧客上門，都會操著濃厚口音叫你「隨便看看」，有時還會自己修修補補東西，最後才會產生一個這麼有特色的招牌。

19 看到這個可愛的復古廣告牌，還是忍不住把它拍下來，畢竟太懷念麥芽糖還有「把哺冰」……。

20 資生堂木製招牌，資生堂公司創立於明治5年（1872），早期以販售藥品為主，稱為「資生堂神藥」，後來才開始生產化妝品及石鹼（肥皂）。

18

19

20

60

21 台北新公園（228公園）旁的「公園號」老牌酸梅湯，可是很多人童年的美味記憶，35年的老招牌看起來備感親切。

22 公園號是一棟古式建築。

23 在基隆港口邊「林開群古厝」拍到這個彩繪招牌，B.A.R.美琪酒吧可是五〇年代基隆酒吧文化最具代表性的歷史現場，當時協防台灣的美國第七艦隊大兵，夜夜穿梭在燈紅酒綠的港邊街頭，寫下了時代滄桑的一頁。在拍完這張照片不到一個星期時間，發現歷史痕跡被無故塗掉破壞，深感遺憾與惋惜。

24 腳踏車在舊時代是很重要的交通工具，人們覺得它很聰明便叫它「孔明車」，覺得它跑得快便叫它「鐵馬」。當時販售「鐵馬」的車行，都會幫你的鐵馬掛上這面金牌，保證「金正」（台語）會做好售後服務。

25 幸福牌腳踏車的琺瑯質小鐵牌，一對恩愛的小白鴿告訴我們「幸福就從這裡開始」。

26 這些舊時代的「歹銅舊錫」零嘴鐵盒，可是藏著許多童年回憶……。

27 掬水軒奇福餅乾，舊式的儲放桶，正面開光透明的玻璃，讓你「看得到、吃不到」。

28 這可不是什麼「歹銅舊錫」，我們都是喝這些長大的……。

29 童年時代想擁有這些進口的小野餐盒，是可望不可及的事。

30 這個水果糖小鐵盒，告訴我們台灣寶島是個水果王國。

31 日據時代「健腦丸」木製鎏金廣告招牌，稀有度高，價值不菲，目前日本古董店類似的招牌起跳價，幾乎都是二、三十萬日圓以上。

童玩總動員

懷舊畫廊

童玩總動員　60F油畫　作者：ALAN

童年往事，歡樂的檔案。

「黑松沙士」配「白雪泡泡糖」的滋味；

「大目玲玲」速配「矮仔財」；

抽抽樂，哭臉「小塊」，笑臉「大塊」；

「史艷文」大拼「藏鏡人」；

「尪仔仙」決戰「尪仔標」；

「黑馬」、「白馬」參做伙；

「溫度計」、「冰淇淋」、「直升機」滿天飛。

美國迪士尼公司曾經推出一部極為成功的卡通動畫「玩具總動員」，內容探討孩子與玩具之間的微妙關係，也透過玩具本身的自白，讓我們接觸到一個以玩具觀點看世界的機會，其中最有趣的，就是玩具們會趁主人不在的時候，會「活」起來一起玩鬧。玩具的世界跟人的世界一樣，舊玩具為了怕失寵，與新玩具之間的激烈競爭，為的就是贏得小主人的關愛，這是部多麼生動的故事啊！難怪金球獎會頒給他「喜劇類最佳劇情片獎」。

看完這部片子時，認真的思考一個問題：就是那些曾經陪伴我們度過無數快樂時光的玩具們，是否被我們遺忘了？我們曾經善待過他們嗎？如今安在？還是早就付之一炬，或淪入垃圾山？睹物思情，也許透過影像的搜尋，能夠讓我們重溫一次童夢，用力的回想當時的心情，在超時空迴路中，再一次用純稚的心情，與老友相逢……

1970年代玩具狗，表情靈活，眼睛能夠眨動，非常可愛。

塑膠玩具

古早版的孩童玩具手錶，是不是有一點SWATCH的味道？

1970年代棒球玩偶，自從民國57年紅葉棒球隊打敗世界少棒冠軍日本關西和歌山隊，開啓了台灣棒球運動的一片天空，以棒球為題材的玩具，大受小朋友喜愛。

❶1970年代家喻戶曉的卡通明星「太空飛鼠」。小小飛鼠是正義的化身，常常解救人類的劫難，是小朋友心中的大英雄。記得小時候，常常幻想自己有太空飛鼠般的神力，把班上那幾個壞蛋學生修理一番。

❷台灣版無敵鐵金剛，腹部可以發射子彈，1978年華視卡通無敵鐵金剛風靡全台，小男生們幾乎都會唱那首振奮人心的主題曲：「我們是正義的一方，要和惡勢力來對抗，有智慧，有膽量，越戰越堅強，科學的武器在身上，身材高高的幾十丈，不怕刀，不怕槍，勇敢又強壯，打敗雙面人，怪獸都殺光，大家都稱讚，無敵鐵金剛，鐵金剛，鐵金剛，無敵鐵金剛」。鐵金剛熱度不退，華視在1985年又二度播出。

3 六○年代塑膠玩偶，關公、張飛、哪吒……全身礦物彩上色，神情有點嚴肅，想要尋找40年前失散的劉備，難度很高。

4 琳瑯滿目的塑膠玩具贈品。要收集這麼多，可真不容易，還記得買哪些零食有送玩具？五香乖乖、百吉棒棒冰、還是小美冰淇淋……

5 1960～1980年代洋娃娃，是許多小女生心中的小寶貝。

鐵皮玩具外國人稱為TIN TOYS，就是錫片或是鍍錫薄鋼片，也有人稱為「馬口鐵」或「白鐵」玩具。鐵皮玩具最早可以溯源到歐洲十九世紀，初期全為手工製作，費時費工；至十九世紀末，鐵皮玩具才開始使用機器生產，而且能夠用印刷方式，把彩色圖形轉印在鐵皮上。目前在台灣網路拍賣市場上販售的鐵皮玩具，大部分都來自中國大陸或日本。

鐵皮玩具

1 1960年代鐵皮機器人，品相良好，目前古董市場並不常見。

2 1960年代火星大王鐵皮玩具，古玩市場行情約6,000元。

3 1950年代鐵皮機器人，裝上乾電池，行走時胸前活塞會上下移動，並且發出閃光，目前市場行情約5,000元。

4 1950年代鐵皮發條騎車娃娃，上了發條可以在原地轉圈圈，古董市場現已少見。

5 當今台灣最暢銷、最紅的鐵皮小孩，全新復刻版玩具，由於生動活潑，價格便宜，許多觀光景點的復古玩具店都喜歡把他擺在搶眼的位置。

6 1960年代米奇鐵皮塑膠玩具，神韻相當可愛，十分吸引兒童。

7 1970年代C.A.F鐵皮戰鬥機，在那個時代裡，當然要貼上中華民國國徽才能算是完整的作品。

8 1960年代太空船鐵皮玩具，自從美國阿姆斯壯太空人登陸月球成功後，太空系列的鐵皮玩具也是熱門的題材之一。

9 1950～1970年代鐵皮汽車。後方單色鐵皮汽車的年代較早，從各式造型當中，也可以一窺當時汽車的風貌。

10 「趕快回家看電視囉！」，太空飛鼠卡通要上演了，那個時代的電視機還流行有腳架式，大大的一座。

11 1960年代蝙蝠俠座車及超音速火箭鐵皮玩具。當年看到這些玩具，是會讓人流口水的。

12 1960年代玩具兵鐵皮玩具，行走時身體微微晃動，非常可愛。

13 用掬水軒餅乾盒來當畫筆盒或是便當盒，是很神氣的事；美味的感覺，還可以常常回味。

14 1950年代狗狗鐵皮玩具，搖耳朵，吐舌頭，就是要你給東西吃。

15 1950年代拳擊鐵皮娃娃，旋轉時，中間連結的彈性鋼片，讓兩位選手產生有趣的律動，雙手也隨著搖晃，十分傳神，就像一場激烈的拳賽。

16 孫悟空愛趴車輪，這是小時候十分珍愛的一個玩具，用條棉線纏好輪子，用力一拉，老孫就會快速的在桌上轉圈圈。很簡單的一個本土玩具，在古董市場上，反而十分罕見。

17 1960年代警車鐵皮玩具，品相不是很好，因為是好友陳昱銘在土堆裡撿到的，真是幸運。

18 1960年代小朋友玩具保險箱，當時台灣社會標榜儲蓄美德，寓教於樂。

尪仔仙

1 五○年代尪仔仙，豐富的色彩美得像寶石一般，小型尪仔仙約2公分，內容包羅萬象，各種動物、水果、飛機、汽車、時鐘、茶壺、人頭……，幾乎囊括了當時生活中所有的物件，是當時生活的寫照。

2 寶塔尪仔仙，質材略厚，較有重心，適合當尪仔仙中的主仙，擲擊對方。由於一般尪仔仙脆弱，容易折損，特別是頂上的小圈圈；若有斷裂，價值全失。

3 六合三俠尪仔仙抽抽樂，每次5角，就有機會抽到頭獎——大隻尪仔仙。當時一隻大尪仔仙可以和同伴交換100～500隻小尪仔仙。

4 5 大型尪仔仙，用彩漆圖上各種豐富顏色，具有本土特色，題材大部分為通俗小說人物：穆桂英、孫悟空、八仙、千手觀音、哪吒……等。

尫仔標

①五〇年代尫仔標印在馬糞紙上，成本不高，一毛錢可以買5張，小攤子以橡皮筋30張紮一綑販賣，內容取材當年流行的漫畫人物，四郎、真平、黑騎士、笑鐵面……還記得怎麼玩嗎？靜態掀牌比大小；動態把特定紙牌"切"出來；還是最後決死戰時，把對方紙牌打翻，才算贏得最後的勝利。當年為了武裝自己的主牌，偷偷的在主牌後面滴蠟燭油，烤火後在地上稍微磨擦，就成了威力十足的翻牌高手了，有一點「偷吃步」。

②尫仔標隨著年代流行的偏好而有各種題材，包括布袋戲包青天中的人物、保鑣中的人物、歌星、演員、卡通等，幾乎是一部生活娛樂史。新的尫仔標是以一大張紙牌，上面有20張機器軋好的圖案販賣。

③④早期尫仔標也有方形的，紙牌上面印有12生肖、象棋子、數字、撲克牌、剪刀石頭布等記號，讓尫仔標玩的方式，產生更多的變化。

1 小時候愛玩陀螺，尤其和人對打時，用力把對手陀螺頭上打一個大窟窿，有一種快感；自己也製作陀螺，番石榴木最硬，不容易被對手打壞，用一支金屬做陀螺的釘子，再磨成劍丁或是針丁。

2 3 台灣鐵陀螺，外形像鈕子，不容易操作，要不斷的練習，才能控制得好。比賽時把對手彈出容器外，就算勝利。

陀螺

交通工具

1 人類較早的交通工具應該是馬,我的第一個交通工具也是馬。不會走路就會騎馬,雖然只有一歲,但騎在馬上那種搖晃的感覺真好;馬兒往後仰時,有一點害怕,手兒抓得緊,照片中的我當時真是快樂。

2 1960年代木馬,以紅、藍、白三個顏色為主,很多人的童年都曾擁有這匹馬,說也奇怪,為什麼小孩愛騎馬?難道是基因問題?

3 1980年代出產的木馬,馬兒跑的方式略有不同,前後搖動,安全性較高。

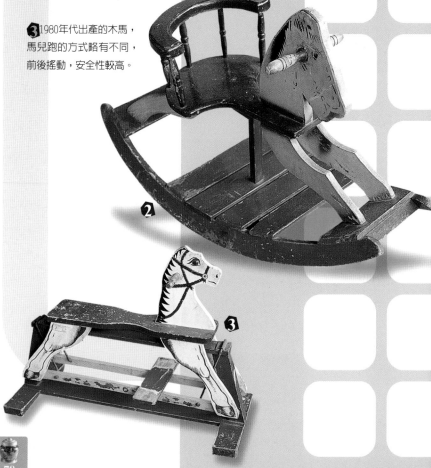

④開車是很優雅的事，古早玩具汽車都是敞篷車，有一些甚至是手工打造的。當時兒童擁有玩具汽車的普及率，肯定很低。

⑤能夠騎車，當然要成熟一點了，至少兩歲吧！小小腿兒總要有點力氣，才能踩動齒輪；控制把手可真不簡單，衝了出去，忘了還沒學會煞車呢！

⑥在跳蚤市場看到這輛古早玩具汽車，定價3,800元，讓我非常心動；想了很久，還是把他開回家，圓了一個童年的夢。

武器大觀

1. 1960年代炮炮火箭。填裝一小片紅色火炮於夾頭中，往上一丟，掉下來時利用金屬撞擊，產生爆炸；童年過年的時候，幾乎是人手一炮的玩具。

2. 1960年代玩具手槍，007史恩康納萊、荒野大鏢客槍套都標榜當時童玩世界的英雄主義。

3. 五、六年級生小時候玩的各種火炮。

4. 這一箱1950～1980年代的長短槍，裝填著多少五、六年級生童年的回憶。

5. 諸葛四郎寶劍、七星刀、還是盲劍客的武士刀，當小男生拿到這些寶物時，馬上就變得神氣起來。

6. 鐵皮機槍玩具，可以發出閃光及「吔、吔、吔」聲音。

1

2

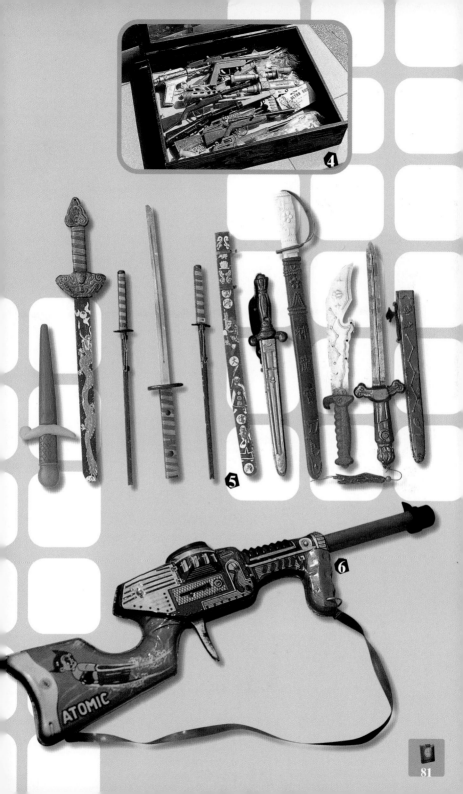

① 五〇～七〇年代你最常玩的益智遊戲有那些？大富翁、象棋、撲克牌、還是陸軍棋？

② 1960年代紙糊積木，保存狀況良好，包裝封面上的小朋友豐腴可愛，好像跟當時社會實況有些差距；記得那個時候我們是又乾又扁。

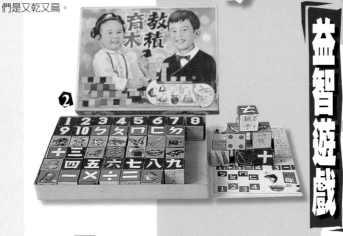

益智遊戲

漫畫書

①② 1958年漫畫大師發表了「諸葛四郎」作品，內容緊張懸疑，武器功夫千奇百怪，將許多人的童年迷得七葷八素，作品總共出了9部55集，引起了超級迴響。至1963年，葉宏甲自組了「宏甲出版社」，繼續出版「諸葛四郎」續集多部。

❸❹「第一屆漫畫金像獎終生成就獎得主」——劉興欽,是台灣本土出版量最豐富、數量最多的漫畫家,較著名的作品有「阿三哥與大嬸婆」、「機器人」、「丁老師」等。劉興欽漫畫內容輕鬆有趣,寓教於樂,深受家長及小孩的喜愛。

❺1969年黃鶯畫的原子小金剛,定價3元。

❻五○年代牛哥的作品「牛伯伯」與「牛小妹」,在中央日報發表一炮而紅,牛哥漫畫作品畫風樸拙,愛打抱不平,是一位風格獨特的漫畫家。

遊戲機

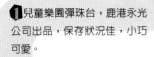

1 兒童樂園彈珠台，鹿港永光公司出品，保存狀況佳，小巧可愛。

2 冰淇淋遊戲機，貼紙圖案有小蜜蜂、小飛象、唐老鴨、小木偶、無敵鐵金剛、小金剛……，巴不得把所有小朋友喜歡的偶像全部印在上面。

3 改裝過的遊戲機，畫面中時髦的小女生，頗有東洋味。

4 台灣人最愛打彈珠台，跟老闆比一比高下。看老闆方向顛倒著隨便一打，鐵珠子就乖乖的掉到定位，而自己打就是會從洞口滑過；運氣好的時候是贏了香腸，輸了鈔票。

如何保養古早玩具

古早玩具由於都有些歲數了，難免螺絲鬆動、皮膚老舊，如何讓這些伴隨孩童走過快樂時光的寶貝，得到妥善的照顧；使其風華再現，這就得藉助一些小小技巧囉！

Step1 清理玩具上的塵垢污點

不同質材的玩具，必須用不同的清理方式。一般而言，能夠用抹布沾清水清理最好，清理不掉時可用肥皂進行清洗，盡量不要使用酒精或去漬油，更切忌使用菜瓜布，否則會嚴重傷及玩具表面。如果必須使用溶劑去污時，可以先找玩具上較不重要的地方塗抹測試，確定沒問題時再進行清理工作。筆者就曾經發生過使用不合適的清潔劑，結果把塑膠玩偶身上噴漆溶化的窘事。

鐵皮玩具類要盡量保持乾燥，保存時可以在表面先塗抹淡淡的一層防銹油；或是上一點點的水蠟防銹，切忌加很多油在機件上；否則，更容易藏污納垢。

Step2 注意玩具保存的光線及溫度

其次，光線、溫度也是保養古早玩具應該注意的地方。長期曝光在陽光下；或是投射燈下，都會讓物品褪色變形、甚至碎裂。因此，清洗完的玩具應盡量擦乾或是自然陰乾。使用吹風機常會導致變形，如果玩具必須收藏起來，適量的樟腦丸及乾燥劑是必要的。假使想對顏色剝落的玩具進行上色工作，必須仔細觀察古早玩具上色的方式、顏料的性質，是手工上色還是噴漆方式？這樣才能對症下藥。

一個細心的玩家，是會讓他的藏品一個個都容光煥發的。

帶你去尋寶

喜歡台灣味民藝、古早童玩的朋友，都有優於一般人的敏銳嗅覺，一點點的蛛絲馬跡，就會尋根究底，一探究竟。過程當中，充滿了期待，碰到了心愛的寶物時，還要不露痕跡，顧左右而言他，深怕被店老闆識破，抬高了價錢；萬一碰到非賣品，就更令人氣結了，死纏活纏，就是希望弄到手。如果動了關說，開了價碼，店老闆還是不為所動時，那就只好定期探監；帶著茶葉、水果定期拜訪，或許有一天感動了物主，也說不定。

台灣味尋寶的路線圖在那裡？業者不願告訴你，深怕洩露了自己進貨的管道；同好也不見得告訴你，因為可能成為競爭對手，為了建立靈活的情報站，做個聰明的收藏家，本書蒐集了台灣地區較熱門的尋寶路線提供參考。

跳蚤市場

○ 三重市重新橋下，每天上午5點至下午2點左右，是目前台灣規模最大的跳蚤市場，平日約有200攤，假日會有中南部攤商北上加入，擺攤清潔費一日200元；很多古玩店老闆，假日也加入擺攤行列，攤數有時高達300～400攤，熱鬧非凡，販賣東西琳瑯滿目，新舊雜陳：有台灣民藝老東西、生活用品，一些古玩店不願意賣的東西，這裡也可能會有，價格便宜，但記得一定要殺價。

○ 台北愛國東路電力公司旁巷內，10年前是全盛時期，目前是個較小型的跳蚤市場，每天上午6點至9點約有十來攤舊貨攤，附近也有幾家古董店。

○ 台北福和橋下，每天上午5點至7點，價格較低，但是貨品不多，主要以民生用品為主。

○ 台北重慶北路、涼州街口，每天上午5點半至7點半，會有一些攤販，偶爾也可以尋到一些寶物。

○ 台中干城車站旁停車場，每天早上5點就開始擺攤，到下午2點收攤，也是尋寶好去處。

台灣味古玩市集

○ 昭和町文物市集，位於台北市永康街60號錦安市場內，已有2年多的歷史，目前有20多家古董商進駐，販賣以台灣民藝、童玩為主。營業時間每日下午2點至晚上10點，但建議最好5點以後再上門來，因為那時候大部分的店才開門；假日場外還有外縣市古董攤商來趕集，內容豐富，貨品眾多，值得一探，由於地利之便，很多熱愛此道的偶像明星蔡康永、周杰倫、藍心湄、張信哲、可樂王……，也常來尋寶，下回碰到時，可以一起向老闆殺殺價。

○ 三峽老街（歷史古蹟），本身就是一個回味老台灣的絕佳地方，街上有多家古董店、童玩店、茶藝館，舊時代保留到現在的老商店，頗有看頭；像

有一家老柑仔店，五○年代玻璃糖果罐很迷人，跟老闆打打關係，說不定可以A到。

● 彰化縣彰南路古董街素以經營台灣民藝聞名，也是台灣民藝的集散中心，全街集結了40～50家古董店，規模頗大，每天營業時間從下午2點至10點左右。文物類型繁多，是尋寶的好地方，如果告訴老闆說是同業批發，價格可以更便宜。

● 台北舊圓環旁，賓王大飯店一樓商場，裡面也集結不少商家，舊文獻、玩偶店、古早童玩、集郵社……，愛尋寶者可以前往。

另類尋寶

● 除了正常管道尋寶外，也可利用電腦網站、拍賣會等方法尋寶；再不然，就是直搗黃龍法，找一些老街、舊商店、古厝登門拜訪。像台南、彰化鹿港一帶，早年商賈雲集，先人遺留下來的用品很精采；南部嘉義、美濃，北部新竹、北埔、南庄、淡水、深坑、雙溪，也都是不錯的尋寶地區。記得不要一開始就跟對方表示要買物品，避免被當成冤大頭、或是神經病，先要探探路，誠懇的與屋主交談，再伺機切入正題。筆者就曾經在基隆和平島花50元買了民家一個漂亮的老玻璃罐，相談甚歡，又送了筆者一個老台灣小型煙櫃，真是大大豐收。

尋找老滋味

迷宮　20P油畫　作者:ALAN

小時候愛幻想，

常常想像自己騎著心愛的腳踏車，

遊走在一個糖果迷宮中，

找不到出口，

我不斷的踩著，

心情就是糖果的顏色……

「各位同學！請翻開國語課本第三課……」，級任老師李緯棠正站在講台上，操著濃濃的山東口音，對著我們這群有一點"國語聽障"的孩子演講。還好山東話聽多了還是能懂，山東話懂了國語就自然沒問題。

李老師照例回頭在黑板上寫生字，這時阿銘開了一包「王子麵」，把麵坨壓碎後，加了一整包的調味料，然後「喀吱！喀吱！」吃了起來。我們這群狗黨當然不會放過他了，王子麵接力賽開始；一手接一手、一口接一口，直到最後一棒，把包裝袋裡的調味粉倒在手上舔一舔，一個個都還留下意猶未盡的表情。真是當時感到最幸福的滋味……。

好不容易挨到了放學，衝出校門口的第一件事，就是擠在那不到2坪大的零嘴店門前，買一支百吉棒棒冰；或是看同學抽紙牌玩洞洞樂，不然就是跟同學分一口納姆內彈珠汽水喝。學校旁還有一家超小型的甜不辣店，5毛錢就可以買一小塊菜頭、一塊豬血糕、兩個超小魚丸，最棒的事就是喝湯免費，而且可以自己動手舀，趁老闆不注意時拼命沾甜辣醬、喝湯，即使滿身大汗也

甘之如飴……，那種美味的感覺，到現在還印象深刻。

尋找懷念的滋味，好像在很多人的心中開始燃燒，7-eleven統一超商也在2002年4月推出懷舊零嘴系列「原味覺醒」，在市場上獲得極佳的反應，創下業績成長40%的成績；同時在網路上進行「懷舊隨考題」互動遊戲，年度創

下高達5萬人次的點選紀錄；2003年4月又乘勝追擊，再度推出「童年福利社」復古系列，造成新的話題。全家便利商店也於此時推出「同樂會」系列，內容包括零嘴類及童玩類，小時候的一些童玩如：竹蜻蜓、陀螺、橡皮筋手槍、竹水槍也拿出來賣。萊爾富便利商店也推出「柑仔店」系列，古早零嘴包含了金柑仔糖、音響糖、菜脯餅、黑松紀念版汽水、綠豆糕、仙女牌蕃薯蜜、王哥柳哥QQ軟糖……，推出後店內零嘴商品業績成長30%。

　　復古商品的魅力，把台灣零嘴市場重新炒熱，也開發出一群原來不屬於零嘴市場的新客戶。

「懷念的滋味、幸福的感受」就從這裡開始吧！

尋找老滋味

三峽老街零嘴店前，出現一個熟悉的童年畫面：堂兄弟比賽摔角，妹妹在一旁勸阻，結局當然是被打敗的弟弟哭著回家，伯母買了一包零嘴安撫，才把事情擺平。

納姆内彈珠汽水，7-eleven
推出兩種口味，檸檬及冰淇
淋口味，包裝也很復古，童
年福利社賣18元一瓶。

深坑「五○年代童玩世界」琳瑯滿目的復古童
玩零嘴，是觀光客常常光臨的一家店。30歲出
頭的吳老闆，常常被「交關」的小朋友叫「阿
伯」，覺得很不以為然。畢竟賣古早商品不一
定是古早人，而且很多商品他自己小時候也都
沒見過。所以，店內完全採自助式；「看歡喜
再買」，生意好的時候，一天可做3、4萬元的
業績，大部分都是大人或是父母帶著小孩來
買，趁機會教育小孩：這是父母時代的東西；
也曾經有要出國觀光的顧客，購買了數十盒古
早零嘴帶到國外當文化禮物。

新版的統一科學麵用科學小飛俠當封面，「煞」到我
們這群五、六年級生；不吃，買回去欣賞也值得。

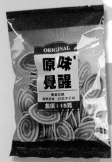

統一超商推出的豬耳朵
餅，老零嘴新包裝，重
新挑逗我們的味蕾。

1 洞洞樂是小時候很喜歡玩的遊戲，中獎率比抽抽樂高，幾乎統統有獎。當時我常想一個問題，就是好人圖樣或是主角圖樣，獎品一定比較差。因為小朋友會優先選這些圖樣，如果好的獎品都被戳走，那就玩不下去了！7-eleven推出雲州大儒俠史艷文洞洞樂，裡頭不知道藏了什麼寶貝？

2 台灣漫畫界的大師劉興欽為統一超商畫的「大嬸婆蕃薯Q」一元抽抽樂。「大嬸婆」、「阿三哥」、「機器人」是劉興欽的成名作；「阿三哥與大嬸婆」是描述阿三哥陪大嬸婆從鄉下來到台北，在大觀園的花花世界裡發生種種趣事，人物刻畫相當生動有趣。「機器人」利用它鋼鐵不壞之身，與邪惡奮鬥的故事，尤其他與小主人之間的友情最為感人。

3 金柑仔糖是童年時代糖果的代名詞，顏色漂亮極了，小時候1毛錢可以買2顆，是大人用來「騙」小孩的最佳利器，含一顆在嘴裡的感覺，「幸福就在你身旁」。

④台灣泡麵的始祖是生力麵；而1970年味王公司推出王子麵並創泡麵乾吃法，顛覆了傳統市場，在校園造成流行風潮。味王公司為成功行銷王子麵，推出集字送贈品、甚至送玩偶的遊戲，使王子麵成為當時最走紅的商品。現代版的小王子麵採小包裝，賣相佳，復古零嘴店、超商都有不錯的反應。

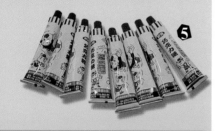

⑤牙膏巧克力糖。把巧克力裝進牙膏罐裡，多麼有創意的商品啊！吃完如果能順便刷刷牙就更好了。目前台中新德興糖果廠正日夜趕工生產，誰也料想不到，老古古的本土巧克力也會有翻身的一天。

⑥涼煙糖。本土商品外國印象，很奇怪的組合，數十年不變。小時候每次吃涼煙糖，都喜歡學大人抽煙的模樣，結果總是換來長輩一陣臭罵。目前涼煙糖也是暢銷的復古零嘴。

⑦王哥＆柳哥QQ軟糖。古意風趣的包裝很討懷舊族的喜愛，談起王哥、柳哥是1960年代台語片高峰期的兩位諧星，模仿外國勞萊與哈台，當時相當走紅；QQ軟糖也拜兩位諧星之賜，成為熱賣商品。

8 含在嘴裡可以吹出哨音的音響糖，有吃又可玩，很受小朋友歡迎。目前由高雄有利貿易公司進口，加入台灣復古零嘴市場。

9 百味棒，小時候稱為「柑仔水」，長長的一條色素糖水，吃的時候在頂端角落咬一個小洞，然後慢慢的吸，當時這可是很美味的喔！

10 虎口拔毛，好大的膽子，一次一元即可。封面上還強調一對標語「虎年抽虎鬚沾喜氣，小孩抽了成績考第一」，很好玩的商品。

每抽一次一元
請看尾部顏色
抽中黑色二尾
抽中紅色一尾
抽中白色謝謝

虎口拔毛

盜麟抽線
專利申請仿冒必究
申請案號：74209675

虎年抽虎鬚沾喜氣，
小孩抽了成績考第一

11 八仙果，小時候稱為芒果乾，染得像檳榔汁般的顏色，吃起來很有趣味；小男生故意吐口水在地上說吐血，小女生則得意的說塗口紅好美。

12 仙女牌蕃薯Q，是由雲林聯興食品工廠所製作，採用南投竹山蕃薯，口味頗佳，外包裝「俗又有力」，很投人緣。目前是全家便利商店「同樂會」零嘴系列的主打項目之一。

尋找老滋味

台灣偶像篇

大同寶寶　4F油畫　作者：ALAN

對台灣的印象，其實是很單純的。

從小保存到現在的大同寶寶，

喝完黑松汽水的滿足，

幸福腳踏車牌上的那隻白鳥，

媽媽拿手的味素湯頭，

爸爸常常鬱悶抽著新樂園，

是擔心我們的病痛；還是家裡的生計……。

台灣偶像篇

三、四十年前台灣社會雖然普遍貧窮，但是孩子們迷偶像的心情，卻一直沒有改變過。當時令我們著迷的是諸葛四郎、大同寶寶、史艷文、無敵鐵金剛……。雖然不一定擁有過；但是卻讓我們朝思暮想；念念不忘。現在的孩子迷的是芭比娃娃、皮卡丘、Kity 貓、哈姆太郎、小魔女 DoReMi、巴斯光年……琳瑯滿目，數上三天都數不完！一個玩具可能還沒拆封，又有一個新的玩具上市，唾手可得；隨時可以變心。雖然這些偶像也許很快就被遺忘，但無論新舊玩偶，它們都陪孩子們度過了快樂的童年時光。

最近幾年就有很多的"小朋友"、"大朋友"甚至"老朋友"，開始重新尋找他們童年的偶像。有一些玩

家為了蒐集玩偶，甚至投入數百萬元在國內外尋寶，一聽到夢寐以求的玩偶出現，即使是在國外，飄洋過海不計代價也要得到它。一些年代久遠、絕版停產的玩偶，更是一物難求；即使看得到也不一定買得到，只希望擁有者能夠大發慈悲、忍痛割愛，好讓藏家一圓相思之夢。

2003年開春，打開電腦的拍賣網站，光是“大同寶寶”偶像，Yahoo 網站上就有128筆拍賣紀錄，反應極為熱絡，應該當選為「年度最佳偶像獎」。

其實，大同寶寶受到歡迎是有原因的。從民國58年開始，凡購買大同公司產品一萬元以上，即可獲贈大同寶寶。在物資缺乏的年代，這個可愛娃娃可能是家裡唯一的擺飾品，大同寶寶常站在電視機或電冰箱上最搶眼的位子，跟著家人一起生活，有時候是玩具；有時候是存錢筒，大同寶寶總是露著他淺淺的微笑，恬恬的站在那兒。

大同寶寶數字

大同公司創立於民國七年(1918年)，一直到民國五十八年(1969年)慶祝51週年，才誕生了第一個大同寶寶。所以，胸前數字51，代表第一代。大同公司也是國內第一家製造企業娃娃促銷的公司，之後每年都出產大同寶寶。52、53……到71，其中56、65、66三年未出，72只出瓷器，未出塑膠寶寶，74至79停產。一直到民國八十七年因為復古風的流行，才又開始恢復出產，從編號80、81、82、83到民國九十一年剛好出到84號。大同寶寶的數字，記載著當年社會的背景，在古玩市場上也有著不同的價值，其中幾個較特別的數字分述如下：

51
• 第一批剛設計出來的51大同寶寶，"閉眼沉思"的神情和現今的不一樣，之後才改為張著大眼。據說"咪咪眼"的大同寶寶，在古董市場上已找不到蹤跡，有人願意出價30萬元購買，還是無人割愛。目前睜眼的51大同寶寶品相佼好者，古玩市場價格在1,500元左右。

56
65
66
• 編號56、65、66三年未生產大同寶寶，市面上沒有見過，出現的話應為贋品。

64
• 64號大同寶寶，在古玩市場價格較高。曾經有10,000元的成交行情，目前約2,000～3,000元左右。

頭大代表勤於思考，
努力自我充實

頭頂存錢孔，是大同創辦
人林尚志先生的訓勉 "一
元之節儉乃創業之原動力"

身高：20公分
頭圍：30公分
胸圍：22公分
足圍：27公分

特徵為膚色紅潤、
五官佼好、肌肉柔
軟富彈性

胸前數字為大同公司創業年數

手持橄欖球，象徵服務
顧客不畏艱辛精神，分
工合作送球入門

一雙大腳，意味大同公司
腳踏實地、勤快，站在民
族工業的先鋒

67 • 民國七十四年出產67號大同寶寶，數量較少，曾經有10,000元成交價，目前約2,000～3,000元左右。

69
70
71 • 大同公司從69、70、71這三號同時生產塑膠及瓷器大同寶寶。72只生產磁器，一般而言，瓷器價格較低，行情約500～1,000元左右。

73 • 73號的大同寶寶，據說印錯位置，數字在背後，只流出2,000個，在物以稀為貴的狀況下，目前行情約為3,000元；但是藏家要非常小心，市面上已有贋品出現。

80 • 大同寶寶在停產了多年後，終於在民國八十七年又重新生產，除了塑膠材質外，也有瓷器。塑膠類有數字及英文字；瓷器類又分大小尺寸，及紅、綠顏色。另外，大同工學院也出產號碼1,2及英文字的紀念版瓷器大同寶寶，讓大同寶寶進入多元風貌的時代。

家家歡迎人人愛

大同寶寶目前市場需求量蠻大，品相好壞、價位落差也很大，同樣一個號碼價格相差一倍以上，也是常有的事。一般不是特別年份，價格約在500～2,000元左右，較晚期的大型瓷器大同寶寶，由於較易破損，市場反應較差，大同公司其他贈品：像小電鍋煙灰缸、水壺、早期馬克杯……，古玩市場也有一定行情。在標榜愛用國貨的那個時代裡，大同寶寶實在帶給太多人快樂的童年回憶。

大同寶寶在停產了
多年後，終於在民
國87年又重新生
產，除了塑膠材質
外，也有瓷器。

大同馬克杯，質材厚實耐用，
蠻符合大同公司的企業精神。

1970年代買大同電扇送水壺，當時
能背這麼漂亮的水壺實在很神氣。

這不是煮飯用的大同電
鍋，它可是掌上型的煙
灰缸，高約12公分，大
同公司員工還曾經借回
去拍照存檔，市價約
3,500元。

大同寶寶鉛筆，實在太
可愛了，很多人都
捨不得用。

企業娃娃又稱為企業寶寶、企業人形、企業吉祥物……，一般是設計出來代表企業形象或是某項產品的代言。有人偶造型；有動物造型；或是抽象造型，像麥當勞叔叔、肯德基上校、固特異輪胎……。有一些大型的人偶，站在店頭門口；小型的就擺在櫃檯或是產品旁邊，質材有塑膠、陶瓷、金屬、石膏等。有一些甚至只搭配商品贈送；或是必須參加抽獎；或是集滿多少點券才能兌換，五花八門。其最主要目的，就是希望藉由企業寶寶來吸引消費者的注意，提高企業形象，增加產品銷售。

除了大同寶寶掀起了一陣旋風外，早期台灣也有很多企業製造贈品娃娃；或是展示用娃娃，有一些甚至由國外進口，特定給台灣公司使用，深受藏家的喜愛。目前古玩市場上較受歡迎的娃娃有：味王王子麵娃娃、SONY新力娃娃、感冒優娃娃、CCI鈴木機車娃娃、武田製藥胖維他娃娃、萬達汽水太空人娃娃、日立鳥、三洋打擊手娃娃、國際牌娃娃、佐藤製藥大象、Q比娃娃、JVC勝利狗、美固漆娃娃、統一妹妹、嘎嘎嗚啦啦、亮叔叔……琳琅滿目，各具特色，種類約有50種。近年來台灣也興起企業娃娃，如公家單位郵局、警察、消防、電信……，以及私人企業、政治人物等，超過200種。在台灣這一塊小小的土地上有這麼多的企業娃娃，真堪稱為娃娃王國。

王子麵／味王王子麵娃娃，1960年代產品。王子麵創速食麵乾吃，在校園蔚為風潮，民國55～59年間，凡集滿"王"、"子"、"麵"三個字，就送一個王子麵娃娃。現在同樣受藏家喜愛的王子麵娃娃，市場行情約5,000元。

1 SONY／2號SONY新力寶寶，1960年代製品，高46公分，古玩市場的搶手貨。SONY新力娃娃共有四個尺寸；分別為1、2、3、4號。1號為木頭底座，背後有款記載1962年出產，市場行情約30,000元。2號也是木頭底座，價值約30,000元。3號為石膏底座，1980年代製，行情約10,000元。4號最小，全部為塑膠材質，當時只是作為贈品，行情約5,000元左右。

2 孫悟空／民國51年，東亞日光燈泡正式上市，小巧可愛的孫悟空，高10公分，是東亞日光燈早期的企業娃娃，1960年代製品，市場上不常見到，價值約5,000元。

3 日立鳥／很多人都知道日立冷氣機很出名，卻很少人知道日立也出產彩色電視機。1960年代製的日立鳥，是日立彩色電視的代表吉祥物，高120公分，顏色豐富，當時是站立在店門口充當產品代言。大型日立鳥相當罕見，據說全台只出現過一隻，價值約65,000元；小型日立鳥20公分左右，價值約6,000元。

企業娃娃

❹Q比／Q比娃娃是法國人發明，已有100多年歷史，由於造型可愛，廣受歡迎，因此很多國家都有製造Q比娃娃。台灣版的Q比也有特殊風味，一般質材特殊或是造型稀有者，價格較高。圖中有小雞雞的Q比，價值約8,000元。

❺JVC狗／1960年代製品。JVC日本勝利公司成立於1927年，早期以生產留聲機及唱片為主，小狗聆聽留聲機這個動作，可說是該公司的經典之作；也是留聲機商標的代表。小狗高約30公分，泥塑材質，相當穩重，價值非凡，約為10,000元。

❻佐藤象／小型SATO佐藤象，是1960年代日本佐藤製藥公司出產，高約10公分，放置在藥房展示，黃色身軀、綠色腳丫，小巧可愛，價值約4,000元。

7 嘎嘎嗚啦啦／1980年代，由電視節目製作天王——王偉忠製作的兒童劇"嘎嘎嗚啦啦"，紅極一時。劇中的主角"孫小毛"，仿藝人孫越造型製作，扮相逗趣，由王偉忠配音，聲音沙啞有趣，該節目由陶大偉主持，真人與玩偶搭配演出，深受小朋友喜愛。這一組玩偶市場行情不錯，約20,000元。

8 感冒優／感冒優娃娃，1960年代製品，棒球裝打扮相當討人喜歡，價格居高不下，約6,000～10,000元，市場已出現仿品，圖中左方即為新品，仔細看它的身高、質材略為不同，當時是分配給藥房陳列之用。

9 國際牌／國際牌娃娃，1960年代製品，一套有7個不同造型的娃娃，市場行情價格約20,000元。

10 國際牌／國際牌新黃金電路電視機娃娃，1970年代製品，價格約5,000元。

11 萬達汽水／萬達汽水，很多年輕人可能聽都沒聽過這個品牌，萬達汽水娃娃，1970年代製品，是由台灣汽水公司出品，有倒立及太空人兩種造型，價格約在10,000元。

12 美固漆／美固漆娃娃，1970年代製品，在古玩市場上也是很受歡迎的玩偶。可能是他的五官酷似大同寶寶，造型特別，數量不多，因此價位頗高，每個約10,000元

7

13 CCI／由鈴木機車出品的CCI娃娃，1960年代製品，有兩種尺寸；大尺寸當時是站在機車行門口的企業娃娃，在台灣非常搶手，曾經有120,000元的成交價。小尺寸CCI娃娃，據說在日本價格比台灣高三倍，大約要日幣8萬元。

14 陳水扁／搭復古風的流行，政治界也趕著出產肖像娃娃；但還是敵不過古董娃娃的價值。陳水扁選台北市長時出的阿扁娃娃，市場行情不高；300元就可以抱回家。

15 不二家／成立於明治43年（1910）的日本不二家洋果子店，初期以販賣巧克力為主，直到1950年發表了"PeKo,PoKo"牛奶妹、牛奶弟之後，成功的塑造不二家企業娃娃的形象。在日本，每家不二家店舖門口，都會站著一個高約100公分的牛奶妹。台灣淡水也開了一家不二家店舖，門口的牛奶妹吸引很多藏家的注意，據說有人願開價20萬元收購。圖中牛奶妹高約30公分，1980年代製品，價格約3,500元。

16 亮叔叔／1970年代，華視極紅的兒童電視節目—"兒童世界"主持人上光亮先生，又稱為亮叔叔，也是小亮哥的師傅，造型有趣，做成玩偶栩栩如生，市場頗為搶手，行情約8,000元。

17 胖維他／由武田製藥出品的胖維他娃娃，1968年製品，非常可愛，想必很多人對胖維他這個補藥一定印象深刻。胖維他娃娃數量極少，價值不菲，曾經有26,000元的成交價。

18 三洋電器／三洋打擊手娃娃，1970年代出產，據說有三種造型，投手、捕手、打擊手，捕手並未生產，所以市場上沒人昇過；投手很傳神，頭還可以動，數量很少。打擊手市場出現較多，價格約在4,000元左右。

小時候還有一些令我們難忘的娃娃，有一些叫不出名字；有一些模仿外國娃娃。台灣做的娃娃雖然比較粗糙，但是多了一份純樸的拙味，不知道是當時創作的人比較天真，還是我們愛鄉的心情太濃……。

爬行娃娃為早期玩具，用力擠壓身體，還會發出啾啾聲。

台灣版的Q比，身體有一點髒，就像我們小時候的樣子，備感親切。

1 郵局近年推出的企業娃娃造型可愛，廣受市場歡迎。

2 統一重量杯娃娃，市場並不常見，頗為搶手。

3 統一企業娃娃，鄰家小妹妹的樣子，真是可愛。行情約7,000元。

4 米奇造型的台熱牌企業娃娃，是國內少數採用外國授權玩偶造型的企業娃娃。

5 「開封有個包青天，王朝、馬漢在身邊……」。1970年代華視超紅連續劇，這組玩偶做得頗為傳神。

6 放屁娃娃，一壓就發屁聲，什麼不好玩，放屁也能玩……

7 這幾位棒球明星都有來頭，他們可是四大球隊的代表吉祥物。

8 仔細看這兩個老人是誰？答對了！就是譚愛珍和顧寶明。

阿公ㄟ寄藥包

懷舊畫廊

高絲包 20F油畫 作者：ALAN

久違了我的好友，

在頭痛不已的時候，是你安撫了我；

在高燒不退的夜裡，是你陪我度過；

在躁暑煩熱的夏日，你帶給我清涼。

久違了我的好友，

不是我已把你忘記，

只是把它放在心底……

阿公ㄟ寄藥包

台灣在日據時代至五○年代左右，由於醫藥不發達醫院少，看醫生不容易，藥廠就派業務員挨家挨戶的放置裝有成藥的「寄藥包仔」。寄藥包不但不用事先付錢，藥廠還會贈送小禮物給小朋友，因此頗受歡迎，幾乎是家家戶戶必備的用品，也充分傳達了那個時代的人情味。

「寄藥包」像一個大型的購物袋，正面印有藥廠及經銷商名稱，背面印有客戶資料和藥品名稱、主治功能、數量、價錢、日期等，有一些也印了食物禁忌常識圖表。業務員每十天或半個月，都會騎著腳踏車來「補貨」，順便把過期的藥品換掉，用掉的部分，才需要付費，寄藥包就這樣走入每一個家庭。

偏遠地區的家庭，「寄藥包」的確帶來很大的方便，應急的時候，裡面都是常備藥品，包括感冒咳嗽藥、頭痛解熱藥、腸胃藥、外傷藥、皮膚藥、氣喘藥、小兒感冒藥等，民眾不用擔心三更半夜找不到醫生；有些藥廠為了體諒早期民眾不識字，看不懂藥名，

飛機牌寄藥包，台中乾記藥房配置。乾記飛機空投許多平安藥來解救我們，圖畫生動活潑，很符合光復後的台灣民情。

特別在藥品包裝上印上圖樣，可以看圖識藥；像是一種咳嗽藥，上面印了「蝦」、「龜」、「掃把」，利用閩南語的發音，讓民眾很容易就知道那是治療「嗄龜咳」的氣喘病藥，不會產生用錯藥的情形，是一種很有創意的做法。

仁武丹寄藥包內含各種症狀藥品。仁武丹主治消化止渴，當時一帖價格20錢；熊膽丸主治胃痛吐酸，一帖價格8錢；神藥主治胃病益氣，一帖30錢；還有其他美麗、美腦霖等藥品。現在重新來看這些藥品命名，實在有點「誇張」。

日據時代仁武丹寄藥包，梅花鹿的商標很有古意，封面上特別印製「台灣總督府認可」。

阿公ㄟ寄藥包

①台灣光復後美仁寄藥包，當時包裝已改為行政院衛生署藥政處許可，商標上穿制服類似郵差的人像，應該就是當時藥廠業務員的造型。廣告字句「懷中要藥」仿自仁丹的「懷中良藥」，整個藥包文字方向不一，完全「自由創作」，閱讀起來頗為吃力，顯現當時要改變日據時代中文字由右至左的書寫方式，還真不容易。

②正長生藥廠寄藥包，藥品種類繁多，表格上還記載當時藥品價格。

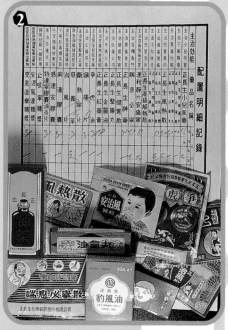

③「囝仔著驚剉青屎，請認明這罐，小兒黑矸仔飄驚風散……」，黑矸仔飄的廣告是許多五、六年級生喜歡模仿的對象，可以稱為廣告經典之一。

④大名鼎鼎的「鷗鴣菜」，專治小孩腹痛及營養不良，相信很多人小時候都吃過，最早是由香港宏興製藥廠生產，後來台灣分廠也開始生產。

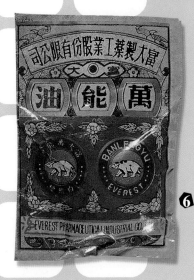

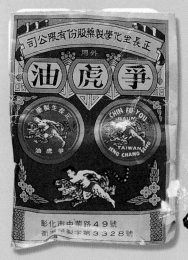

5 虎標萬金油，幾乎是家家必備的良藥，小時候蚊蟲咬、暈車、頭痛……，阿嬤都會從她的小包包裡掏出紅色小盒子，「肚子痛抹肚臍，牙齒痛抹下巴」很快就能搞定。虎標萬金油的發明人是胡文虎，1923年開始在新加坡生產後，行銷到全世界100多個國家，是最知名的亞洲品牌，該公司還有另一項產品「八卦丹」也相當知名。

67 虎標「萬金油」聞名世界，台灣也出現分身，「萬能油」改用熊做商標；「爭虎油」以武松打虎方式，修理虎標。

8 早期偽藥氾濫，包裝上都要特別強調：請認明發明人張思雲真像，才是正港的「宏興牌鷓鴣菜」。

9「愛兒菜」是明通製藥廠早期最暢銷的小兒補品，鐵盒上還特別強調「小兒良藥，消積肥壯」、「馳名內外，鐵証有效」。

10老藥櫃內各式藥品包裝，看起來頗有親切感。

9

⑩

⑪ 小兒流鼻水、打噴嚏、發燒、咳嗽、喀痰……免煩惱，吃這包小兒安治風，保證！保證！乎你ㄟ囝仔呷甲好漓漓！

⑫ 很懷念小時候那個「啾就」，咬起來的口感就是不同，還可以發出聲音，大小藥房都有在賣。

⑬ 阿伯仔不認識字，沒什麼關係，認明一隻「蝦」、一隻「龜」、一支「掃把」，就是治療「嘎龜咳（氣喘病）」的良藥，呷落去，免驚！

⑭「有燒香，有保佑；有吃藥，有元氣」，正港獨一無二的好藥，「獨一散」呷落去，有病治病，沒病固身體，朋友啊！請認明！一支大枝指頭仔的標記，就是「獨一散……（回音）」。

⑪

⑫

⑭

⑬

15 緊來看！慢來看一半，沒來攏免看！目睭扒乎金！正港高貴的藥材──熊膽粉。

16 「志明」真正是有夠紅，從過去到現在，「志明OK絆」貼上去後一定可以博得「春嬌」的同情，感情自然順利啦！

17 真好膽！去給熊借膽！台灣人最愛吃的就是跟動物有關的藥品，認為比較補，效果特別好，日據時代嘉義泰西商會「熊膽圓」一帖可要10錢。

18 閱讀古早藥方難度很高，不信試試看，熊膽圓的使用說明，讀得明白否？

19 看到日據時代這個鼻病治療器包裝，讓我聯想到以前電視喜劇演員「脫線仔」，常常在中視鄉土劇中演出。昔日筆者到台東遊玩，還特別參觀了脫線的養雞場，受到脫線熱情招待，脫線不改幽默本色，在養雞場入口看板上寫著「脫線戰鬥雞」、「加50脫光帶出場」，引起路人好奇，以為脫線在台東做色情行業，原來是說加50元，就幫你殺好土雞，毛拔光帶回家的意思。不愧是喜劇演員，脫線是藝人轉業成功的一個例子。

20 在古董店看到這包「止瀉散」，小朋友蹲馬桶的樣子實在可愛，最後花了幾百塊錢，買了這包過期藥品，分享讀者。

21 施德之神功濟衆水，來頭不小，早在民國前18年就創製，封條上寫著「救人萬萬兼治六畜瘟症」，真是神奇。

22 藥品上的繪畫很吸引人，簡單的線條就可以把內涵做有效的傳達。

23 瑞昇風熱散包裝，類似劇情式的漫畫風格，讓人想多看一眼。

24 正長生痢達膠囊治療腹瀉，圖中主角跟現在電視卡通裡的「約翰尼」有幾分神似。

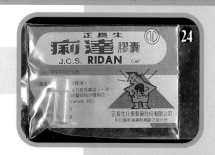

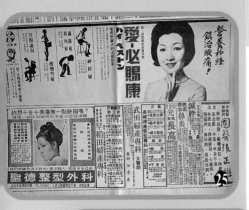

25 民國58年田邊製藥愛必賜康報紙廣告，當時台視「田邊俱樂部」，由李睿舟主持，是星期天最紅的節目，後來改為「五燈獎」由阮翎與邱碧治主持，開場都會來一段順口溜「一二三四五燈亮，五度五關獎五萬，你來演，我來唱，大家都來看，你健康，我健康，大家都健康」，接下來是一段管樂短奏。

26 早期藥品種類琳瑯滿目，包裝充滿趣味，不像現在的藥品包裝太冷漠了，少了一點「人味」。

27 大康製藥廠送給藥房的日曆，可變換日期相當方便。

28 老牌翹鬍子仁丹系列產品，收藏家花了許多心力，才將他們集合一起。

29 早期藥品廣告海報，還附上食物禁忌表以供參考。

30 仁丹廣告欣賞。

31 高雄天生堂出品的「暮帝納斯」錢別櫃，造型古樸可愛。

喊玲瓏、賣雜細

明星花露水 20P油畫 作者:ALAN

回憶小時候最深刻的「味道」：

早晨的「黑人牙膏」；

晚上的「貝林痱子粉」；

還有那怪味的「大同水壺」；

「明星花露水」有媽媽的味道。

喊玲瓏、賣雜細

霹靂布袋戲雜細郎出場的時候都會吆喝「喂！人客倌、看一咧、喊玲瓏、賣雜細、舶來品、高級貨、物件多、好講價」，賣貨郎道出了台灣40年前賣雜細的生意型態。

記得小時候住家附近，常常看到一個騎著腳踏車，載著小箱子，手中搖著浪鼓的賣貨郎，木箱裡頭裝著各種日常用品，每次車子一停，村裡的婦女們都會一擁而上，賣貨郎就像變魔術一樣變出許多日用品：胭脂、白粉、指甲油、花露水、針線、茶油、髮夾、手帕、絲巾、布綢……。很驚訝一個小小的箱子可以變出這麼多的東西，就像一個流動的百貨店，買不到的貨品還可以訂購，下次一併帶來，可說是台灣最早的服務業。

隨著商業的演進，開始有了百貨行，貨色就更加豐富了。記得小時候每次隨父親上百貨行買東西時，都會數數看店裡的東西，但沒有一次數得完，百貨行裡化妝品、洗髮精、雨衣、木屐、球鞋、學生服、棉被、蚊

收藏家吳傳治重現了心目中的百貨行，「許德美洋品店」貨色齊全，只可惜全店為未

香、洗衣粉、牙刷、痱子粉等，琳瑯滿目、應有盡有，當時堪稱除了「柑仔店」外，是和我們生活最密切的商店。

早期百貨用品包裝很有親切感。

玲瓏，玲瓏，賣雜細，賣搖鼓對這過，看你欲買什麼貨？

喊
玲
瓏
賣
雜
細

❶台北紅樓劇場旁的林敬記百貨行，即將面臨拆遷的命運，「老貨品」琳瑯滿目，趕緊拍下一個歷史性的鏡頭。

❷五○年代最紅的香皂有南僑的「親親香皂」、「快樂香皂」，國聯的「白蘭香皂」。其中快樂香皂的電視廣告歌曲最膾炙人口：「快樂、快樂，真快樂」，「HAPPY、HAPPY真HAPPY」。

❸四○年代台灣品牌「美琪香皂」，是家喻戶曉的商品。美琪香皂「香味濃郁」，美琪藥皂「保君健康」，美琪玫瑰香皂「嬌豔芳芳」。

4 日據時代銀櫻洗石鹼。「石鹼」是什麼碗糕？原來是「肥皂」的意思。

5 50元就可以買一瓶明星花露水，從清朝光緒34年開始到現在已經飄香一個世紀。從出嫁少女必備嫁妝到居家衛浴「芳香劑」，明星花露水越陳越香。

6 五○年代明星花露水請到當紅女歌星冉肖玲代言產品，當時冉肖玲以一首「藍色的夢」紅遍全台。

7 民國48年明星花露水廣告。

8 1931年，日據時代新裝「花王石鹼」的廣告海報。

9 「愛美絲」洗髮粉，包裝很浪漫，使用時並不容易。洗髮粉有一點像洗衣粉，洗頭的時候還要把顆粒揉開，不亦忙乎。

10 「黑人牙膏」是台灣人心目中牙膏的第一品牌，記得小時候問過爸爸一個問題：「黑人都是刷黑人牙膏嗎？」爸爸笑而不答。今日，女兒問我同樣一個問題，我的回答是「多刷牙才不會變黑人」。

11 黑人牙膏早期廣告海報。黑人牙膏已經有80年的歷史，生產黑人牙膏的好來化工，民國22年在上海成立，民國38年遷台開始營業，目前黑人牙膏及其姊妹品牌高露潔牙膏，台灣市場佔有率高達80%。

12 這些古早商品，出現在古物店中，讓人覺得時光飛逝。

13 六〇年代「天香雪泡」洗衣粉。這麼好聽的名字，難怪最近很多泡沫紅茶店都把「雪泡」用來當冰品名稱。

14 除了貝林，愛王痱子粉的包裝也是很「卡哇依」。

15 貝林痱子粉，小時候每次洗完澡都會灑上一層，整個人像「白猴」一樣，然後來一段孫悟空的精采動作表演。

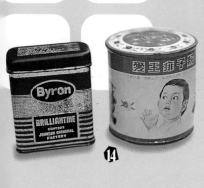

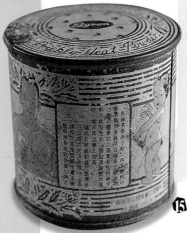

資生堂化粧品

口紅　面霜

1957年台灣資生堂成立在台北仁愛路,開始進口面霜、口紅。這是當時店頭市場的陳列櫃,40多年來保存至今,非常不易,是很多藏家的「夢幻逸品」。

141

16 小時候噴DDT殺蟲劑用具，使用起來像在玩水槍一樣，很有趣。

17 老百貨行也賣木屐。木屐在台灣已有二、三百年歷史，小時候買新木屐時最高興了，可以挑喜歡的圖樣；就像是擁有一件新玩具，穿上去的時候還要特別用力走路，叩叩作響，深怕別人不知道自己買了新木屐。

18 在生火不易的年代，瓦斯不普及，熱水瓶可是很重要的用具。半夜幫寶寶泡牛奶，總不能起來再生個火吧！

19 五○年代台中吉本百貨店廣告海報。

五十年悠久歷史

世界名牌化粧品

英美百貨級灘

吉本百貨店

男女童裝時裝專家

化貨色全式樣新

地址：台中市中正路十八號
電話：二二六五○號

20 雙美人香蜜粉廣告。

21 雙美人牙膏、雪花膏廣告。

22 美爽爽珠光口紅立體廣告板。

23 日據時代的雙美人牌可是進口的高級貨品。

人生親像扮電影

閃亮的日子　12P油畫　作者:ALAN

我來唱一首歌，古老的那首歌，

我輕輕地唱、你慢慢地和，

是否你還記得，過去的夢想，

那充滿希望燦爛的歲月......。

當「音樂教父」碰上「永遠巨星」——

羅大佑、劉文正，

是我們曾經擁有的「閃亮的日子」。

人生親像扮電影

對電影發生興趣，是很久以前的事了。

當時應該只有五、六歲，暑假期間住在金瓜石姑媽的家，由於姑丈在台金公司上班，配給的日式宿舍就是我最佳的遊戲空間。記得每天最期盼的一刻，就是午覺過後，姑媽會牽著我走到山腰的電影院，花兩塊錢買一張票帶我進場；印象中那家電影院每天更換片子，天天都擠滿了人，院內沒有冷氣，胖姑媽每次都要拿支扇子拼命的搧，偶爾也分我幾下，而我只要有一包白雪泡泡糖或是五香豆乾就可以滿足到散場，看了什麼電影已經沒有印象。只是當時很喜歡電影院那種氣氛，一種專注的氣氛，一種期待的氣氛……，午后的金瓜石真的很美。

到了小學低年級的時候，看免費電影就很有方法了，趁入場混亂中擠進、找一位大人尾隨進場、或是直接央求陌生大人帶入，總之「有志者，可看之」。記得當年基隆「中央」、「龍宮」兩家戲院，每星期六下午都會有一群「小飛俠」穿梭在兩院之間，通常我都會先混進專演日本片的「龍宮戲院」看一場，再跑到對面專演國台語片的「中央戲

九份的昇平戲院，日據時代曾經是全台最大的戲院。侯孝賢導演的「悲情城市」電影為沉睡中的九份帶來第二春，也把九份推向國際化，成為台灣觀光景點之一。

院」看一場。當時日本片「盲劍客」、「風林火山」、「大劍客」、「牡丹燈籠」、「怪談」……，都是很刺激、很好看的電影；國台語片則喜歡看大型戰爭場面，如「西施」、「秦始皇」、「堤縈」；黃梅調雖不喜歡，但是也陪媽媽看了N遍「梁山伯與祝英台」、「江山美人」、「啼笑姻緣」、「七仙女」；搞笑片「王哥柳哥遊台灣」、「白賊七」、「牛伯伯」也很有意思；大悲劇就不太好意思看，印象最深刻的就是「流浪天涯三兄妹」，從頭哭到尾，紅腫的眼睛到電影散場時都不敢抬頭，怕人家說一點都不像男生。

民國57年（1968）台灣觀眾每年看電影的次數，僅次於日本，居全世界第二位，再次為印度、美國、香港。

進入老戲院都會有一個高高的樓梯，牆上除了預告電影看板之外，還有一樣必備的物品───就是「完成中興大業」、「發揚革命精神」對聯。

　　隨著年歲的增長，看電影已經成為生活中不可或缺的一部份，電影也是讓自己逃離現實情境的最佳窗口。從瓊瑤電影「窗外」、「我是一片雲」、「彩雲飛」、「雁兒在林梢」、「卻上心頭」、「問斜陽」……；到愛情文藝片「純純的愛」、「海鷗飛處」、「心有千千結」、「雲河」、「風兒踢踏踩」、「就是溜溜的他」、「蹦蹦一串心」……。

鹿港老戲院今日放映的名片是「金蝴蝶」，請大家儘早光臨。

武俠經典「龍門客棧」、「獨臂刀」、「大醉俠」、「俠女」、「十四女英豪」、「流星蝴蝶劍」、「千刀萬里追」……；功夫片最愛李小龍「唐山大兄」、「猛龍過江」、「精武門」、「龍爭虎鬥」，成龍「醉拳」、「蛇形刁手」。必看的愛國片「英烈千秋」、「八百壯士」、「筧橋英烈傳」、「黃埔軍魂」、「揚子江風雲」、「梅花」；溫馨勵志片「汪洋中的一條船」、「小城故事」、「原鄉人」；以及新電影的崛起「光陰的故事」、「在那河畔青草青」、「兒子的大玩偶」、「海灘的一天」、「小畢的故事」、「我這樣過了一生」、「童年往事」……。

這些都是童年必修的學分，套一句名演員李立群的話「我們都是用電影寫日記的」。

台北東區最近多了一家「老戲院」。對不起！老戲院
不放電影，也不賣牛排，老戲院只有「古早菜」。

三峽農村文物館館主戴勝
梧常常在路邊「講電影」。

1 二水成功戲院的「鐵牌門票」夠特別了吧？看完收回，真環保。

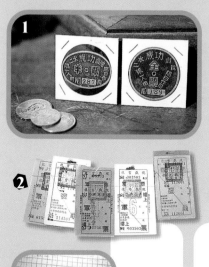

2 基隆老「龍宮戲院」戲票，已經成為歷史。龍宮戲院改建成大樓後，現在是誠品書店的基隆分店。

3 在保守的時代，歌舞團表演是一種很特殊的文化。記得高中時期跟同學跑到瑞芳四腳亭看歌舞團表演，場內都會有一個警察「監看」，不過，聽幾首「熱情沙漠」之類的歌，過了中場，警察先生都會報備「去上廁所」，然後就失蹤20分鐘；這時候「主秀」上場，所有觀眾衝到台前，瞪大眼睛，有些歐里桑還會要求舞者再「精彩」一點。那個時候才發現自己有點「漏氣」，想看又不好意思擠到前面，出場時耳朵紅到都不敢面對路人。

導演朱延平

小丑與天鵝

THE CLOWN & THE SWAN

許不了　甄秀珍　方正

4 記得小時候喜歡看電影的另一個理由就是「戲院有冷氣」。電影院都會特別強調「冷氣開放」，尤其酷熱夏天，一進到戲院，整個人都會興奮愉悅起來。

5 1985年諧星許不了去世，遺作「小丑與天鵝」大賣。片中演員有許不了、方正、甄秀珍，導演是朱延平。

6 早期電影宣傳車，車上加裝擴音器，大街小巷去廣播。

7 1961年以「星星、月亮、太陽」一片，榮獲第一屆「金馬獎」最佳女主角尤敏小姐，扮相清麗脫俗，人稱「玉女明星」，曾經榮獲第六、七屆亞洲影展最佳女主角。

8 1963年「梁山伯與祝英台」在台播出,轟動遐邇,連續上映3個月,收入800萬元,創下國片賣座最高紀錄。片中主角凌波來台造成萬人空巷的盛況,被港報識為「狂人城」。

9 10 11 是由台灣國寶級電影手繪海報藝術家————陳子福先生所繪。陳子福是台灣電影海報的教父,一生畫過不少於5,000張電影海報,可以說台語片九成以上的電影海報都是由他繪製,陳子福往往在影片未完成、甚至未開拍之前,就能完成海報創作,可以說是想像力和創造力的極致表現。很幸運,台灣電影能有陳子福這樣的藝術家,讓我們成長的歷程中透過陳子福的海報,對台灣電影有無限的期待與想像。

CINEMASCOPE

導演 林福地

攝影 陳忠信

金陽 玫明
領衛 至演

川夏 琴源 心
客串

金白周老楊吳麗武女真
渭非 特
塗雪遊吉南溪宋英梅論珠亞

監製 黃金定
製片 劉昌博
營業 印度仙

烏天下情侶鑄千古摰愛‧爲世間男女煉萬世眞情……！

三洋影業公司創業鉅獻純情純愛超級文藝鉅帱

黃昏的故鄉

153

⑫1963年中影開始拍攝健康寫實電影，引國產電影進入新創作意識，「蚵女」一片榮獲亞洲影展最佳影片獎。

⑬「秦香蓮」又名陳世美反間，主要演員是李麗華、嚴俊、楊群、梁醒波。

⑭牛哥漫畫搬上銀幕「牛伯伯」電影，演員有厭斗、玲玲、洪再傳等。

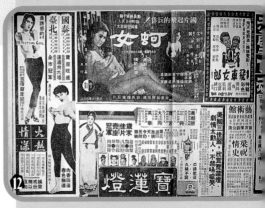

⑬

⑭

⑮ 1962年李行導演拍攝的「白賊七」電影。片中主角矮仔財是當時極紅的演員，常跟大ㄎㄡ玲玲搭配，也和李冠章合演王哥柳哥；矮仔財同時也是第一屆金馬獎最佳男配角。

⑯ 台灣第一鬼導演姚鳳磐拍的「藍橋月冷」電影宣傳單，女鬼是秦夢，記得從前還有一位美女「王釧如」也常演女鬼，被稱為「鬼后」。

⑰ 自從1971年李小龍「唐山大兄」電影票房大賣，掀起全球中國功夫熱，功夫片打開了電影外銷市場，因此國內功夫演員都以「龍」字命名。圖中這位「梁小龍」外貌是否有點酷似大導演侯孝賢？

⑱ 「月宮寶盒」是小時候很喜歡看的電影，寶瓶巨人、飛天魔毯、六臂美女、神馬飛空……，得到視覺與聽覺震撼的最大滿足。

⑲早期台灣情色電影宣傳海報。談到台灣電影院「插片」是一種很有趣的文化，插片就是「小電影」，早期沒有錄放影機，八厘米放映機也不普及時，想要觀看「健康教育」課本裡沒有教的內容，就要找偏僻一點的電影院，在正常片子播放途中會插播一段「快報」，大約10分鐘的時間。當時九份昇平戲院、基隆金銀寶戲院、四腳亭戲院、景美戲院、南勢角戲院……，都有這項「服務」。

⑳早期上電影院看戲，入口都會擺電影「本事」讓觀眾取閱；本事一般正面是電影廣告，背面則是電影故事大綱。1960年中影拍攝「天倫淚」家庭倫理文藝片，當時張小燕還是童星，精湛的演出讓她第二度獲得亞洲影展最佳童星獎。

㉑早期電影院，都會根據片商送來的電影海報翻印成自己電影院的專用海報，圖中3張海報都是戲院翻印自陳子福的電影海報。

㉒日本片電影海報。

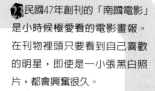

23 民國47年創刊的「南國電影」是小時候極愛看的電影畫報。在刊物裡頭只要看到自己喜歡的明星，即使是一小張黑白照片，都會興奮很久。

24 25 基隆「龍宮戲院」工作日誌，紀錄民國47年1月26日星期六晴天，播映片名「邱罔舍」；其他事項欄寫著「因下午二時有電，日場加映二時三十分一場」，可見當時的電影院還在「看電吃飯」階段。

26 老電影火柴盒很具有收藏價值。現在新的片商或是電影院為什麼不印一些來送人呢？相信一定會有很多人喜歡，並且保存下來。

往事只能回味

懷舊畫廊

往事只能回味 60P油畫 作者:ALAN

When I was young　　I listen to the radio

Waiting for my favorite songs……

木匠兄妹的歌,是年輕時的最愛;

那些美好的日子,那些舊日的歌曲,就像長年未見的好友。

每一聲 Sha-la-la 依然迴響,每一聲 Wo-wo-o 依然美好,

回想著往日情景,唱到傷心處,感動的哭泣著。

滄海桑田世事多變,

往日那些歌,我對著他們唱……

往事只能回味

「時光一去永不回，往事只能回味，憶童年時……」這是尤雅在1970年代紅極一時的歌曲，走過那個年代的人幾乎人人會唱。台灣流行歌謠從1932年第一首「桃花泣血記」，專門為電影創作的台語歌曲開始，造成風潮，打開了台語歌謠的一片商機，也因此網羅了許多優秀人才投入創作工作，李臨秋、周添旺、鄧雨賢、陳達儒、陳秋霖……創作了許多經典之作：「一顆紅蛋」、「望春風」、「月夜愁」、「雨夜花」、「碎心花」、「春宵吟」、「四季紅」、「白牡丹」、「農村曲」、「心酸酸」、「青春嶺」、「阮不知啦」、「心茫茫」、「港邊惜別」。

1940年代台灣較紅的歌謠有「丟丟銅仔」、「搖嬰仔歌」、「望你早歸」、「補破網」、「燒肉粽」、「杯底不要飼金魚」。1950年代也有許多好歌：「安平追想曲」、「鑼聲若響」、「港都夜雨」、「蝶戀花」、「關仔嶺之戀」、「舊情綿綿」、「淡水暮色」等；同時引用日本流行歌曲曲調的台語歌曲，亦大量湧現：「孤女的願望」、「黃昏的故鄉」、「媽媽請你也保重」、「溫泉鄉的吉他」、「可憐戀花再會吧」等改編曲，到現在還受到大家的喜愛，當時也造就了許多音樂人，如楊三郎、葉俊麟、吳晉淮、郭大誠、洪一峰、文夏、劉

A GO GO

福助等人。一直到1960年代後，國民政府推行國語政策，台語歌曲被定位為方言歌曲，使得台語歌曲開始沒落，本土的國語歌曲「高山青」、「願嫁漢家郎」、「昨夜你對我一笑」、「夜來香」、「玫瑰玫瑰我愛你」等歌曲透過廣播流行，而成為音樂主流。

1963年香港邵氏影業公司推出「梁山伯與祝英台」電影，來台造成轟動，黃梅調歌曲大受歡迎，「江山美人」、「七仙女」、「傾國傾城」、「寶蓮燈」、「狀元及第」等黃梅調電影大行其道。同時國語歌曲透過電視開播蓬勃發展，尤其「群星會」

老曲盤（唱片）的發明是人類對聲音保存的一大貢獻，透過曲盤，我們可以一次又一次聽到喜歡的歌曲，讓我們的生活場景有了背景音樂。

時代，塑造了不少家喻戶曉的歌星，真正創造了所謂流行音樂，美黛的「飛快車小姐」、「意難忘」、「台灣好」；紫薇的「綠島小夜曲」、「南屏晚鐘」、「今宵多珍重」；姚蘇蓉的「愛你愛在心坎裡」、「今天不回家」；歌壇情侶青山與婉曲的「杏花溪之戀」、「一條橋」；謝雷與張琪的

「傻瓜與野丫頭」，謝雷同時也是當時歌壇的小天王，經典的歌曲很多，如「苦酒滿杯」、「蔓莉」、「阿蘭娜」、「生命如花籃」、「多少柔情多少淚」轟動歌壇，到現在謝雷還是歌壇常青樹。當年歌唱情侶還有余天與秦蜜，夏心與張明麗。

　　國語歌曲隨著電影、電視的蓬勃發展，也產生了許多膾炙人口的歌曲，「煙雨濛濛」、「庭院深深」、「一簾幽夢」、「月滿西樓」、「彩雲飛」、「海鷗飛處」、「月朦朧鳥朦朧」、「雁兒在林梢」、「晶晶」、「昨夜星辰」、「情侶」、「梨花淚」、「星星知我心」、「台北的天空」、「包青天」、「保鑣」、「長白山上」、「秋水長天」、「守著陽光守著你」……。記得當時每一首歌都會唱，歌詞背得比國文課本還熟，常常幻想著自己就是鄧光榮、秦漢、秦祥林和甄珍、林鳳嬌、林青霞奔跑在白沙灘上，露出白牙微笑；千萬不要當江明或是秦風，因為他們都是得不到美人心的第三者。

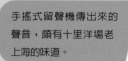

手搖式留聲機傳出來的聲音，頗有十里洋場老上海的味道。

1970年代中期開始興起「校園民歌」，新格唱片公司「金韻獎」徵求創作歌曲，發行唱片，並在各校園舉辦演唱會，造成一股風潮。校園裡吉他人手一把，唱自己的歌，當時新偶像是楊弦、齊豫、李建復、胡德夫、侯德建、吳楚楚、趙樹海、王夢麟、韓正皓、陳明韶、包美聖、梁弘志、葉佳修、蔡琴、楊祖君、鄭怡等。經典的歌曲有「龍的傳人」、「橄欖樹」、「小茉莉」、「雨中即景」、「小雨來的正是時候」、「捉泥鰍」、「月琴」、「外婆澎湖灣」、「浮雲遊子」、「恰似你的溫柔」、「拜訪春天」、「讓我們看雲去」、「你是我所有的回憶」……。

1980年代後，台語歌曲從洪榮宏「男子漢」、葉啟田「愛拼才會贏」、沈文程「心事誰人知」、陳小雲「舞女」開始，從夜市流行到都會，台語歌曲重新找回了另一個春天。1990年代陳明章的「抓狂歌」、林強的「向前走」跳脫了台語歌曲悲情的影子，開啟了一個全新的局面，演變到現在，台語歌曲結合世界流行曲風，年輕歌手可以用台語唱出完全沒有「台灣味」的台灣歌曲。

留聲機的針頭要常常更換磨尖，當時裝針頭的小鐵盒都設計得很可愛。

① 有了電唱機後，唱片才開始普及化，聲音也較為穩定，早期速度是78轉，後改為33轉。播放時，吸一口氣，抓好唱盤轉速節奏，對準唱片音軌輕輕的把唱針放上去，好像完成一件了不起的工作。

② 民國42～49年間實施收音機普查，委由保安司令部配合憲兵、警察、電信人員挨家挨戶做地毯式檢查，對無收音機執照或過期未換照者，均移送軍法機關或法院，有照者則年繳30元收聽費。

③ 收音機在農業社會是很重要的宣導用品，民國43年，農復會進口美國TELEKING收音機4500台配售農民，以達成「一里一機」的目標。

④ 「花落水流，春去無蹤，只剩下遍地醉人東風……」老麥克風唱出多少人們心中的舒暢。

⑤ 記得高中時期常利用星期六下午，上中華商場買唱片，當時唱片行以西洋盜版唱片為主，種類繁多、價格便宜，喜歡的話還可以請老闆試播一小段。

6 1960～1970年代歌手在歌廳駐唱蔚為風行。彰化康樂廳「巨星之歌大公演」看看當時走紅藝人，「台語超級歌王」葉啓田、「咪咪眼歌后」陳蘭麗、「東瀛玉女巨星」秀蘭，還有哪些是你所熟悉的？倪敏然、方正、周雅芳、方瑞娥、葉明德、許不了……。

7 慶祝光輝十月，元寶大飯店推出「豬哥豬母大會串」，「豬哥會長」余天、「土豬」劉福助、「山豬」萬沙浪、「韓國豬」孫情、「飼料豬」石松、「黃酸豬」徐風、「黃酸豬母」康雅嵐、「豬仔子」四奇士……。

8 1960年代黃梅調電影大受歡迎，黃梅調大家朗朗上口，尤其林黛、趙雷主演的江山美人插曲「戲鳳」那一段「我哥哥不在家！今天不賣酒！別以為梅龍鎮上好欺人！」，「我們梅龍鎮守禮最嚴明……」。時至今日，每次家族聚會，不怎麼老的哥哥姐姐總要用卡拉OK複習一遍，真是不朽「經典」。

6

7

8

9 「歌仔戲狀元」楊麗花本名林麗花，堪稱為台灣歌仔戲的靈魂人物，從台視第一齣歌仔戲「精忠報國」開始，楊麗花就和台灣歌仔戲畫上等號。記得小時候，每星期四中午台視歌仔戲時間，媽媽、阿嬤、阿姨都會擠在電視機前，盛況不亞於黃俊雄布袋戲。

10 青山是群星會時期知名度最高的男歌手，雄渾的嗓音風靡海內外，據說當年熱情的歌迷瘋狂到寄鑽石給青山，「青春鼓王」、「淚的小花」、「淚的小雨」、「尋夢園」、「昨夜夢醒時」、「我在你左右」、「夜空」等耳熟能詳的歌曲更是不計其數。

11 「媽、媽、媽、媽、呀！送我一個吉他……」1986年蔡咪咪與五花瓣合唱團清純的模樣，當年可是「夢中情人」。蔡咪咪後來嫁給力霸集團小開王令麟，協助夫婿成為事業幫手，同時積極投入公益事業。

往事只能回味

曾演唱「媽媽請你也保重」、「黃昏的故鄉」、「戀歌」等膾炙人口好歌的「寶島歌王」文夏，從出道以來到現在總共有一千多首歌曲，當時文夏與愛徒文香以及四姊妹合唱團陣容堅強。

12 民國71年在台視播出的布袋戲「六合三俠傳」，由黃俊雄製作，幕後主唱為方瑞娥、葉啓田、劉燕燕。劇中「老和尚」、「天生散人」、「賣唱書生走風塵」人物刻劃得十分傳神。

13 五〇年代紅星張琪，嬌嫩細柔的嗓音，是我們這群臭男生反串秀最愛模仿的對象，尤其張琪唱「情人橋」時的開頭，「唉、唉、唉、唉、唉……」雞皮疙瘩掉落一地。

14 包娜娜的「愛你愛在心坎裡」，是很棒的一首歌，記得國中學英文時，每次都故意把香蕉唸成「包娜娜」。

15 小時候喜歡看崔苔菁主持的台視「翠笛銀箏」歌唱節目。當時升學壓力大，很嚮往節目中介紹的外景地點，崔苔菁的甜美笑容與「ㄥㄞ、ㄋㄞ」的聲音，唱起「愛是你愛是我」特別有味道。

16「讓我們敲希望的鐘呀，多少希望在心中……」翁倩玉唱「祈禱」的韻味真是無人能比。前幾年看她從日本來台開畫展，模樣跟小時候印象沒有兩樣，SK2為什麼不找她拍廣告？

17 這個大鬍子老兄好久不見？記得有一次朋友聚會，和他在林森北路一家卡拉OK合唱「友情」，震撼全場，有人跑過來說「你們唱得比林文隆好」，殊不知他就是「林文隆」本尊。友情的歌常唱，友人如今不知安好？

18 蔣光超是家父最喜歡的一個諧星，記得小時候每個星期天晚上8點，中視「你我他」節目，就是蔣光超的詼諧劇場，也只有在那個時候可以聽到父親的笑聲。

19「趙曉君」這個名字，對童年印象來說是深刻的；但是趙曉君唱紅過的歌曲卻怎麼樣也想不起來，只知道她很文靜，話很少，好像稱為「文靜美人」？「憂鬱美人」？「睡美人」……％＃＆※

20余天雄厚的嗓音值得特別推薦，國台語雙聲帶，老一輩的歐里桑特別喜歡點播他的歌，同時他也是秀場寵兒，能唱、能演、能主持，台灣歌壇的常青樹。

21台視播出黃俊雄布袋戲的珍貴畫面。

22台視開台時的第一台黑白電視，特別還拍了廣告照片。

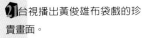

TK-7000D
現金定價 28,000元
（天線安裝費另計）

23 民國59年國際牌推出的珀娜彩色電視機，現金價28,000元（天線安裝費另計），並提醒收看本公司獨家提供電視節目：台視影集「虎膽妙算」每星期日晚上9點至10點播出。

24 節目結束前特別介紹，「電視小寶貝」雙華姊妹，演出懷念的東洋歌曲，請大家「掌聲甲打落去」（台語）。

往事只能回味

173

童年街道

剃頭椅 50P油畫 作者：ALAN

童年印象，

理髮是一件慎重的事。

雖然「剃一次頭，厭頭三天」，

但是，每次從鏡子中看大人剃頭的表情，

好像在完成一件重要的事。

一種自信，一種存在，一種滿足……

童年街道是我的樂園，這句話並不誇張。很幸運，我的童年是住在基隆市區外圍的一條巷道中，雖然不是市中心，但也不是偏僻的郊區，住家旁邊就是一個廣場，我們都稱它為「大埕」，正對面是一家「打拳頭賣膏藥」店，它的隔壁是做「師公」；也就是幫人解運收驚的，另一邊是「老師」的家，還有就是巷口的「柑仔店」，童年的故事就從這些場景開始。

記得每天早上我都是被嬉鬧聲吵醒，因為房間的旁邊就是

基隆老郵局　30F油畫　作者：ALAN

舊時代裡，郵筒對人們是何其的重要，一切的關懷，一切的牽掛，都仰賴綠色天使為我們帶到。

大埕，雖然還隔著一條大水溝，但是所有的聲音都逃不過我的「觀測站」，任何一個死黨起床來到大埕，我都會很快發現，所以賴床對我來說是件很愚蠢的事，窗外的世界有趣多了。「賣醬菜銅鈴聲」、「磨菜刀轉螺聲」、「補鼎補雨傘的鐵板叫賣聲」、「補紗窗、紗門」、「修理滾水罐」、「雞蛋冰的叭哺聲」、「枝仔冰的手搖鈴」、「麥牙糖鐵罐聲」、「賣雜細搖鼓聲」、「賣麵茶蒸吹笛聲」、「爆米香的爆炸聲」、「魚丸湯鐵湯匙敲碗聲」、「燒肉粽叫賣聲」、「抓龍吹笛聲」……，童年的街道正上演一幕幕精采的好戲。

「噹……噹……噹……」師公又在做法了，我們一群孩子跑到阿賢家門口，因為他阿公又在幫人「收驚」

大埕　15P油畫　作者：ALAN

176

了，這回是一個兩、三歲大的小孩，不知道什麼原因一直哭鬧不停，只見到師公手中拿著燃燒紙錢，嘴裡唸唸有詞，繞著小孩和他媽行走，最後停下來用硃砂毛筆寫了幾張「便條紙」，「好啦！回去早晚燒燒滲冷水平飲下去」。阿賢的阿公實在很厲害，相信他一定是有法力，才會有那麼多人來找他，並且送禮物給師公，因此小朋友們都蠻怕他阿公的。

「國心伯仔」是個武功高強的阿公，他們家的「拳頭店」每天都有很多人上門，最好笑就是做治療時大人哭叫的表情，我們一大群小孩躲在門口笑得東倒西歪；有時候還跟著尖叫幾聲，直到國心伯仔的兒子出來罵人，我們才作鳥獸散，這個遊戲我們永遠都玩不膩。

「老師家」我們就很規矩了。也不知道為什麼叫他「老師」，因為從來沒有看他去上課，倒是每天在家裡寫書法，一張又一張，通常我們都會圍繞在旁邊看他專注的神情；老師很少開口講話，沒多久我們就會不耐煩的跑開，繞到巷口柑仔店看看有什麼新進的貨色，或是跑到山丘旁的一顆大石頭攀爬。那顆大石頭我們叫他「大頭母公」，是我們孩子心中的聖石，形狀有點像聖母峰的迷你版，

台灣烏龍茶「蓋」出名，
日據年代台茶宣傳海報。

老像館為我們記載了多少童年記憶。

有好幾種方法可以攻頂，每次爬都會覺得很刺激，爬累了還可以抓蚱蜢玩，或是摘一旁的野桑椹吃，每次都是肚子餓到不行才知道要回家。童年的生活充滿了新鮮和驚奇。

「鈴……」鬧鐘響了，這一覺睡了40年，醒來時空已完全的變遷，很不情願的起了床，叫醒賴床的小寶貝庭庭，「再不起床上課就來不及囉！」，雖然小學一年級課程不多，已經覺得有壓力了。走上街道，已經不再是我童年的樂園，人潮洶湧，汽車、機車亂竄，當爸爸的我，這時候就好像電影

裡的終極保鑣，護送著庭庭行進，隨時都有擋「子彈」的準備，好不容易到了校門口，才鬆了一口氣。

曾幾何時，童年的樂園變戰場，快樂天堂變成危險場所，換來的代價是「社會進步」，曾經眷戀的一草一木變得無動於衷；童年的街道，孩子們的快樂天堂，只能在記憶中憑弔……

養成保密習慣，提高防諜警覺。
台中市警察局提供

匪諜自首，既往不究。
台中市警察局提供

檢舉匪諜，保家衛國。
台中市警察局提供

不聽信謠言，不傳播謠言！
台中市警察局提供

童年街道，到處都會張貼這些精神標語。

童年的街道在向我們招手，告訴我們快回到孩子們的「快樂天堂」。

童

年

街

道

剃頭店

1

❶理髮店的標記就是紅、白、藍三個顏色的旋轉燈，小時候常常望著它看得入神。

❷五○年代剃頭店內部陳設，旁邊還站立一盞挖耳朵專用的探照燈。

❸記得理髮前後，都要用粉撲把脖子和額頭塗上白白的痱子粉嗎？

❹民國58年第七屆金馬獎最佳劇情片「小鎮春回」劇照，演員劉明正在為魏少朋剃頭。

❺這支「爪子」不知道還有沒有印象？保存40年真不容易。

❻小弟弟，不夠高沒關係，坐上這洗衣板，阿姨給你剃一下！

2

4

3

5

7 六○年代的剃頭店旋轉燈樣式較為花俏。

8 金大方理髮店，特別強調「技術本位、衛生第一」。

6

7

8

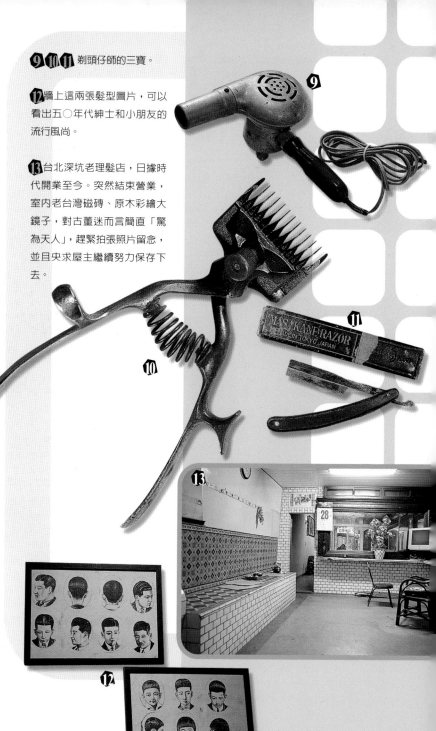

9 10 11 剃頭仔師的三寶。

12 牆上這兩張髮型圖片,可以看出五○年代紳士和小朋友的流行風尚。

13 台北深坑老理髮店,日據時代開業至今。突然結束營業,室內老台灣磁磚、原木彩繪大鏡子,對古董迷而言簡直「驚為天人」,趕緊拍張照片留念,並且央求屋主繼續努力保存下去。

老像館

1 老圓山動物園門口阿伯仔的照相機，參與了我們的快樂童年。

2 這位老兄是誰？大家可要認識一下，它就是日據時代第三任台灣總督「乃木將軍」，也是馬關條約後，在1895年率兵團準備接收台灣的大將。

3 攝影師躲在黑幕裡瞧你，「笑一個！不要太多」卡！OK！留下歷史倩影。

4 照片中可愛的女孩是誰呢？古董界都說是張小燕4歲的時候，正確答案應該問張小燕才對。

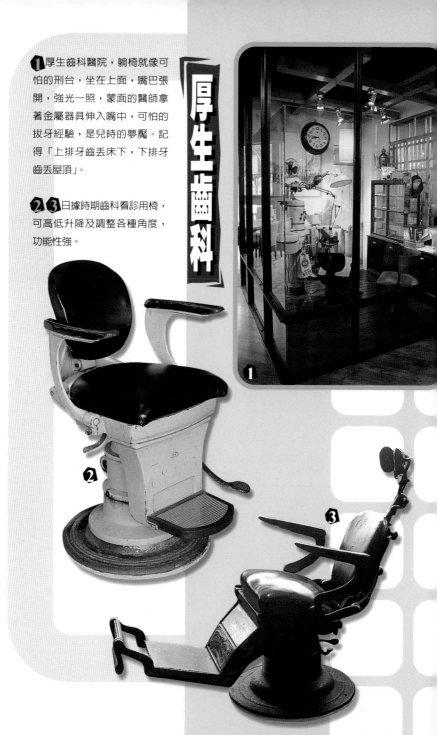

1 厚生齒科醫院，躺椅就像可怕的刑台，坐在上面，嘴巴張開，強光一照，蒙面的醫師拿著金屬器具伸入嘴中，可怕的拔牙經驗，是兒時的夢魘。記得「上排牙齒丟床下，下排牙齒丟屋頂」。

23 日據時期齒科看診用椅，可高低升降及調整各種角度，功能性強。

厚生齒科

文具店

1 文具店也是童年很重要的記憶，西門町紅樓劇場旁的這家文具店還真有「古意」。

2 「今日功課今日畢，明天還有新功課」，學學姊姊作功課也是很快樂的事。

3 小時候書包裡頭這把小刀，削鉛筆時可真管用。

4 公民課本要用心寫，做個有公德心、重禮貌的小孩。

5 兒時看哥哥用鋼筆寫字非常羨慕，尤其打開蓋子吸墨水的時候，專注的表情，真希望自己快點長大，不要老是用鉛筆、蠟筆。

麵攤仔

1 麵攤仔也是很有人情味的地方，切仔麵上面那兩小塊白瘦肉，為什麼那麼好吃？

2 好可愛的廣告招牌，味全醬油、味全壺底油在童年時代可是媽媽做菜的法寶。

3「夜深了，在外面遊蕩的朋友，請打個電話回家！」如果公共電話都這麼可愛的話，我想大家一定會常打。

街頭遊走

1 「阿伯麥走！我要給你買竹篙」台北街頭要看到這樣的鏡頭，真的很難。

2 深坑的老裁縫店，已經有50年歷史，店內的布料花色很有親切感。

3 美援時代常常可以看到這個「中美合作」的標誌。

4 「莎喲娜拉！台灣再見了」日本森永公司在拍這張照片時，就應該要有先見之明，知道有一天要離開。

5 日據時代，抬轎子還是一件不容易的事，轎夫要有執照，像現在汽車駕駛執照一樣。

藏家紀念冊

介紹台灣10位收藏家的故事

藏家紀念冊

很多人開玩笑説「收藏」就好像得了「癌症」一樣，

是很難治療的，

看到心儀的藏品出現時，「病情」更是無法控制，

總是希望幸運就落在自己身上。

然而並不是每一位藏家在收藏的路途上都一帆風順，

有些甚至繳了昂貴的學費，付出了許多代價，

才在收藏路上摸索出一點心得。

有些人則是經過高人指點後，才漸入佳境。

也有少數藏家，一開始就有很好的觀念，用最少的預算做最好的收藏。

這些經驗都值得我們參考，這些收藏家也都是我們的導師；

每一個藏家背後都有一段故事，

「藏家紀念冊」將為您「取經」，走訪台灣多位知名藏家，

進入他們的「庫房」，欣賞許多不曾曝光的藏品，

了解收藏的心路歷程，分享他們的收藏趣味，汲取良好的收藏觀念，

挖掘他們的尋寶路線……，

在「藏家紀念冊」中，你將會有所「斬獲」！

林于昉 文化醫師

林于昉醫師是一個快樂的收藏家。

林于昉博士是一位著名的兒童牙科醫師，他還有另外一項重要的工作就是「收藏」。從台灣文獻、台灣老地圖、台灣畫家作品、早期電影海報、春宮畫、春宮文物、月份牌、大陸文革時期文物等，數量超過6,000件以上，是一位「質」與「量」皆優的收藏家。

在日本求學、行醫、教學18年的林醫師，5年前選擇回到台灣才開始自己的收藏，也許是因為擁有專業醫學背景，林醫師對所收藏的文物特別有研究的精神。觀察林醫師收藏的台灣文獻，遠從荷蘭時期至白色恐怖時期都有很完整的資料，約有2,000個主題；"春宮文物"也是林醫師一個很特殊的收藏，外型靦腆的他說道：「一直覺得春宮文物的資料太少了，才讓我興起研究的念頭。」目前手上已經累積近300件文物，尤其是立體春宮文

北港素人畫家陳朝和的春宮畫，以閩南語詮釋的打油詩趣；嘲諷的題材，反映社會真實的情況。

物最多，屬於非常珍貴難得的收藏；另外北港素人畫家陳朝和的「查某間仔趣聞系列」畫作也有100多幅；國寶級的陳子福電影海報，林醫師收藏了約100張手繪真跡原稿、老

葉逢甲漫畫大師的「諸葛四郎」手繪真跡。

臺灣省菸酒公賣局

「台灣省菸酒公賣局」的老招牌怎麼會跑到林醫師家來，莫非林醫師要賣菸酒？

上海月份牌海報近500張、大陸文革時期宣傳畫及海報約700張、文革物品上千件……，如此龐大的收藏，不敢相信是在4年之內完成，更何況醫生工作繁忙。看來，林醫師的確有異於常人的「功力」。

掛在診所入口「八卦牌寄藥包」全套老藥品，引起很多客人的好奇。

談到如何設定收藏的標準，林醫師認為每個收藏項目一定要往"深度"發展，價值才會顯現，而且還必須深入解讀研究；就像一個好的廚師能夠從市場中挑出適當的菜組合成佳餚，這其中就要有專業的素養。此外，林醫師認為收藏要有「快樂」與「隨緣」的心態：收藏就是要快樂，不要受役於物，量力而為，超出自己能力範圍會變成痛苦；或是強求自己收不到的東西，耿耿於懷，就失去了收藏的樂趣。

林醫師對藝術喜好頗有淵源，他的父親是生前喜歡繪畫的台灣知名外科醫師林秋江先生，林醫師與哥哥林愷碩（直腸外科名醫）、姊姊林靜芸（整形外科名醫），目前正計劃籌設「秋江紀念博物館」來紀念父親，未來自己的收藏可以在館內展示，這批足以反映台灣歷史社會變遷的藏品，將成為研究台灣的重要史料。此外林醫師也將自己的收藏視為公共財，樂意分享給大眾，光是2003年上半年就有五個博物館及文化中心展覽林醫師的收藏，不像有些收藏家，「收」了之後，就永遠「藏」了起來，永不見天日；林醫師豁達的收藏理念，值得推崇。

林醫師收藏的「貴妃醉酒」春宮文物，本身是個酒瓶，唐明皇的帽子可以打開注入酒，從背緣倒出酒；翻開文物底部，楊貴妃「暗藏玄機」。

文革時期的文物也是林醫師的主要收藏項目之一，圖中的牙雕文物作工精細，人物栩栩如生。

191

吳志鴻 小空間大收藏

吳志鴻每天都在日據時期烏心木造的古董眠床上「造夢」。

初次來到基隆一個傳統的公寓裡拜訪收藏家吳志鴻,一踏進吳志鴻的收藏室;也是他的房間時,被一屋子特殊、獨具風格的收藏品所吸引。這位在台灣民藝收藏界小有名氣的年輕人,他的收藏室居然只有10坪不到。

吳志鴻早期以收藏台灣廣告老鐵牌聞名,曾經擁有100多塊日據大正年間到光復初期的廣告鐵牌,其中不乏稀有、特殊的藏品,讓人眼睛為之一亮。談到為何對冷冰冰的廣告鐵牌情有獨鍾,學商業設計的他認為:這些鐵牌都反映早期台灣庶民生活文化,這種豐富的歷史感是最吸引他的地方,像「銀粒,小粒」翹鬍子仁丹鐵牌,是日本昭和4年所製,當時日本、台灣、上海都有販售翹鬍子仁丹,收集起來頗有國際感。此外廣告鐵牌不佔空間,容易收納,符合現代人的空間分配;同時廣告鐵牌色彩鮮豔,裝飾性強,很適合空間佈置。

從學生時期就開始收藏東西的吳志鴻,屬於「用功型」的收藏家。早期為了能獲得更多資訊,蒐集更多東西,吳志鴻還特別印製了精美名片,尋找老廣告相關產品,並到全台各地古董店散發,一獲得消息馬上動身前往,有時候甚至在電話中即刻成交。為了研究文物,吳志鴻出入各種書店、圖書館、網站;甚至前往日本尋找相關資料,因此在短短的幾年當中就很有斬獲。除

阿鴻專攻日據時期鎏金廣告木匾收藏,質精量少,蒐藏不易,1920年代大學目藥木匾是一片很有特色的招牌。

廣告鐵牌，吳志鴻還收集了仁丹相關系列藏品，其中甚至印有台灣總督府的仁丹溫度計、日據時代雙美人及資生堂相關系列藏品、明治年間至光復初期的各式味素、早期台灣企業娃娃等。

很多人好奇一位20郎噹歲的年輕人能夠擁有這麼多收藏，是否為高所得者，或是家人財力贊助？答案是否定的。吳志鴻收藏心得值得推薦給讀者分享。目前從事櫥窗設計的他，憑藉著豐富的文物知識，讓他在收藏過程中少繳了許多學費；此外以他獨具的美學眼光，收藏的文物很受藏家同好喜愛，願意花更多錢請他割愛。因此吳志鴻就有多餘的資金收藏，也慢慢累積可觀的藏品。

2003年2月，吳志鴻剛從日本尋寶回來，這一趟東京之行戰果頗為豐碩，找到了一個昭和年間的雙美人牌化妝品陳列櫃，這是日本收藏界的「夢幻逸品」，一般是不賣給外國人的。因此，吳志鴻花了很大的耐心和誠意打動擁有者、願意割愛，就像上回收到仁丹鎏金木牌區一樣，可是花了3年時間才把日本知名古董店的鎮店寶搬回台灣。另外，吳志鴻也收藏中將湯鎏金招牌、大學目藥鎏金招牌。這些曾經風靡老台灣的精采廣告招牌，透過吳志鴻的用心，一一的被他找回。坐擁在充滿舊時代廣告風格的房間內，這位新新人類顯得相當的自在快樂。

吳傳治 再造新樂園

吳傳治再造了40年前的「台中街」，當起了街長。

　台中有一個香蕉囝仔，為了懷念兒時記憶的那一段感動，造了一個夢，一個真實的夢，一個可以觸及、品味的夢──「香蕉新樂園」人文生活館，於2001年在台中誕生了。「造夢人」吳傳治精確的呈現了40年前的台中老街，還原了當年「台中街」繁華的容貌，因此自開幕以來佳評不斷，2002年總來客率高達26萬人次；2003年更獲選為全台前50大博物館的殊榮。

　　談到吳傳治，用「造夢人」來形容他是非常貼切的，在他還沒有籌劃香蕉新樂園之前，已經是位知名的收藏家；17年的收藏經驗，讓他對於台灣文物的內涵，完全能夠了然於心，是一位把歷史與商業做最佳結合的成功案例。吳傳治的藏品並不是用來束之高閣、孤芳自賞，而是完全以生活化的態度來分享同好，因此在「香蕉新樂園」裡，你可以輕易欣賞甚至觸摸到台中的古老文物，讓你再一次的感動，就像他在文宣中提到「細細品味，歷史的真、人性的善、生活的美、台灣純粹的原味，那份生命的延續文化再現，將在此一一為您呈現」。

　　吳傳治除了眼光獨到外，收藏哲學也很特別。他是筆者採訪過，少數認為台灣還有很多文物可以收藏的藏家；他認為老台灣常民文化的文物種類太廣了，很多冷門項目經過藏家的整理收藏後，同樣可以產生很高的價值，而且台灣到處都是寶。舉個例子：

自稱香蕉囝子的吳傳治，老家是種香蕉的。

　　有一次在谷關路上老柑仔店旁的雞寮裡，看到一部很有味道的老腳踏車，於是他就下車花了100元買了一些零嘴，閒聊過後，阿婆便很

慷慨的把腳踏車贈與他；吳傳治搬車時還意外發現一疊老台灣鐵牌壓在下面，阿婆看他喜歡，也一併送給他，讓他不經意之下得到了寶。同樣，吳傳治也曾因為喜歡

吳傳治本身是學美術出身，對於老廣告看板特別有興趣。

館內也收藏了很多地方文獻資料。

一件文物，多次拜訪一位老歐里桑，在聽了4個小時的故事「為什麼沒去當日本兵」後，歐里桑免費把東西送給他……。因此，即使吳傳治目前收藏品多達好幾個倉庫，但所花費的金錢卻不多；可說都是用心換

館內收藏了不少兒童玩具。

來的，他相當珍惜這些收藏過程的點滴，也提供新進收藏家一個很好的收藏管道。

2003年吳傳治為了和社區做更好的互動，特別從屏東運來一輛火車，改裝成展覽館，放在香蕉新樂園門口，定期舉辦文物展覽，免費開放參觀。火車上提供全台各項藝文資訊，讓人自由取閱；也配合學校在館內做鄉土教學，看著一群群的老師帶著小朋友，穿梭在香蕉新樂園的老街中，不時發出讚嘆聲時，無庸置疑，吳傳治真正創造了一個「新樂園」。

「香蕉新樂園」已經成為台中最具在地特色的文化舞台，也是國內外觀光客及國際媒體最愛光臨的生活博物館。

彭東週 文物守護者

彭東週從小就是個電影迷,收集了許多古早電影海報及相關用品。收藏室的陳列亂中有序,頗有層次,很有「看頭」。

有人曾經為了收藏保存心愛的台灣文物,用盡了身上每一分毫,度過了好幾天沒有食物、只喝白開水的日子;也曾經為了買下一座百年老店中藥櫃,預支了2年的薪水……。是什麼樣的人對台灣文物這麼痴狂?他就是人稱「台灣民藝達人」、「老頑童」、「裁縫師」的彭東週。

彭東週從小就是一個認真執著的孩子,從他到現在還完整保存自己上學的第一本課本,就知道他是一個極度念舊的人,也注定這一輩子跟古物的不解之緣。再看看彭東週滿屋子的收藏,不禁讓人驚訝台灣早期有這麼多精采的文物?他是花了多少心血,才把他們集合在一起?也許透過這次訪談,可以找出蛛絲馬跡。

彭東週的收藏是以台灣三〇年代文物為主,少部分跨到五〇年代,其中有許多都是台灣難得一見的寶貝,像是舊台北火車站遺留下來的大廳老鐘、舊淡水車站老鐘、三〇年代台北中山堂的高腳電風扇、日本東寶電影「佐佐木小次郎」海報、金魚型老玻璃缸、日據時期各種特殊弔燈、絕版老台灣唱片、古董電話、電影相關用品等,活像一座三〇年代博物館。問到為何對三〇年代文物情有獨鍾?彭東週表示可能是對小時候生活印象的一種憧憬;當

日據時期小型剉冰機。

時窮困，不可能擁有這些寶物，但經過了一番努力後，現在擁有，同樣感到滿足，因此收藏時便不計代價，數十年下來，便累積到可觀的藏品數目。

老彭的親密愛人，三〇年代模特兒。

老電影院投幣式公共電話。

三〇年代舊台北車站大廳老鐘、舊中山堂演藝廳高腳電扇。在老彭收藏室，不小心都會踢到歷史文物。

談到收藏的經驗，彭東週認為「眼光」最重要：眼光又涉及個人的美學觀念及文化素養。想要培養好的眼光，不妨多看展覽，多結交好的收藏家朋友，不僅可以開自己眼界，提昇自己的收藏水準，也是最快速有效的方法。收藏時一定要自我訂定收藏標準，否則，漫無目標的收藏，到最後會變成自己不愛，別人不要的收藏窘態；像彭東週的收藏標準就是「10個人看，有7個人以上會喜歡的文物」才值得收藏，也唯有精品才能夠歷久而不衰，越陳越香。

從事裁縫師工作的彭東週，數十年來賺的每一分錢，除了基本生活開銷，全都花在收藏台灣文物上。彭東週是古董商眼中的「好腳」，因為有好的文物找老彭，他是出得起好價錢的人，老彭為了讓古董商嚐到「甜頭」，並不怎麼殺價，這樣下回古董商有好貨時，肯定會先找上門來——這是老彭的收藏哲學；同時老彭的住家也是給文物住的，沒有冷氣、沒有瓦斯、沒有床，只有文物佔據屋裡各個角落，他就是一個「委屈自己，善待文物」的痴人。看到滿屋三〇年代的文物精品，很多藏界好友央求彭東週割愛，老彭總是不為所動，畢竟每一件藏品都是他的最愛，少了任何一件都會讓三〇年代的老台灣，少了一分光彩。

三〇～五〇年代各式老容器。

陳昱銘 玩偶奇遇記

陳昱銘常常把心愛的藏品畫入圖畫中。

留學西班牙的青年畫家陳昱銘，最大的嗜好就是把玩那一屋子的古早童玩。從四○年代馬糞紙封套線裝本的漫畫書、五○年代鐵皮玩具、機器人、玩具刀；六○年代學步車、塑膠娃娃、積木、鐵皮野餐盒；七○年代玻璃彈珠、合金超人等。看到陳昱銘房間、畫室、樓梯走道，無處不是堆滿了各式玩具，好像來到了童年夢境的虛擬世界，充滿了驚奇和震撼。

陳昱銘生長在一個藝術氣息的家庭，父親是國內音響界奇人，熱中藝術和古董。其從小耳濡目染，對古物有所涉獵，但是會開始蒐集台灣老童玩卻有一段故事……

話說十多年前，陳昱銘正在念東海大學美術系時，有一次到嘉義梅山附近遊玩。在河邊散步時，發現一堆垃圾上方露出一個鐵皮玩具，陳昱銘好奇的撥開廢土，驚訝的發現，居然有數十件鐵皮、塑膠、紙類的童玩被埋在裡面，雖然有一些是生鏽焦黑的，但大部分的玩具都是完整而且具有相當的年代，陳昱銘判斷這應該是一家發生火災的老玩具店，所傾倒出來的垃圾。於是一次大豐收的挖掘，讓他和台灣老童玩展開了一段不解之緣。

陳昱銘鎖定台灣童玩為蒐藏目標，一開始便有系統的進行蒐藏，他把童玩分為：塑膠類、鐵皮類、木頭類、玻璃類、益智遊戲類、紙類、包括漫畫、甚至兒童教課書都是蒐藏的目標，

雲州大儒俠「史艷文」和「二齒仔」向各位拜年，「恭喜發財」，「哈買發財」。

幾年下來擁有不錯的成績。陳昱銘的尋寶路線圖從早期台北的愛國東路、台中干城車站一帶跳蚤市場、高雄跳蚤市場等地都留下他的足跡；出外寫生時，也一定順便尋找當地的老玩具店、雜貨店或是文具店，到倉庫進行搜括，經常有所斬獲。由於本身是位畫家，對於修整老玩具別具用心；經過他的巧手，很多受傷嚴重的玩具都能妙手回春。

留學西班牙期間，陳昱銘還是不忘對古物的執著，買了一台廂型車，跑遍了西班牙跳蚤市場，甚至古董店、農莊都是他常駐足的地方。令他意外的是，西班牙人大部分不知道台灣在哪裡，卻知道「Made in Taiwan」玩具很有名，可見早期台灣已是玩具的製造王國。返國後，陳昱銘繼續行走在童玩路上，也感受到老東西越來越少。他建議新進入這領域的朋友，一開始蒐藏不要貪多，先鎖定某一單項，往深度蒐藏，比較容易進入狀況，而且很快就會有成就感。

1960～1980年代各種的玩具槍枝，勾起了童年快樂的回憶。

阿銘用西班牙跳蚤市場收藏到的放鉛字木盒，收納各式玻璃彈珠。

1950年代漫畫書，馬糞紙套、線裝書裝訂，很有古味。

張大成 收藏哲學家

人稱「活字典」、「張老師」、「仙角」的張大成。

愛逛舊貨市場的人，可能會常常碰到一個戴著眼鏡、滿頭白髮的中年男子，他就是人稱為"仙角"、"活字典"、"張老師"的張大成。

記得10年前，筆者常逛台北愛國東路跳蚤市場，某些店老闆喜歡以「張大成看過這件東西！」來抬高物品身價，可見能讓張大成看上眼的東西，是具有一定的水準；同時張大成收藏常民文物的廣度很夠，收藏數量龐大，古玩界喜歡賣他東西，也喜歡向他請教，"活字典"的雅號因此而來。

師大美術系畢業的張大成，當過國中美術老師，熱中商業攝影，為了購買攝影需要的道具，便一頭栽進古物世界，一發不能收拾。20多年來沒有停止過收藏，目前擁有將近6,000件文物，因此張大成乾脆經營起道具出租公司，把收藏品分為68大項，麥克風、真空管收音機、羽毛筆、老鐘、水龍頭、尿壺、狀元帽……琳瑯滿目，應有盡有，在廣告、電視、電影界小有盛名。直到近幾年國內電影市場極不景氣，張大成才肯把小部份東西拿出來流通變賣，目前在錦安市場內開了一家沒有招牌的古物店。

很多人對張大成如何管理堆積如山的文物感到好奇。筆者參觀他的收藏室時，發現屋內除了狹小的走道外，整個空間由地面到天花板都被收藏架佈滿，一個貼一個，就好像紙箱裝滿了書一樣，完全沒有空隙，還好這些層架是活動的，旋轉方向盤，就可以擠出一個小小空間，方便取物，張大成花了50萬元訂購的收藏架，真是把空間做最有效的運用。那麼6,000件藏品是如何整理？原來張大成把每一收藏的紙箱外貼上照片，分類編號，並且編印藏品目錄，就像圖書館一樣的管理模式，很有效率。

「效率道具公司」老闆張大成，所有藏品外包裝都貼上照片，管理得很有效率。

　　張大成是收藏界的奇人，做生意哲學也和常人不太一樣，在他的古董店裡，發現一些小小標語，很有意思：「門沒上鎖，歡迎動手」、「歡迎討價還價」……，讓顧客覺得很溫馨。看到張大成的藏品目錄，封面上燙金寫著四個大字"由愛生恨"，筆者百思不得其解，以為張大師不喜歡藏品了，詢問之下，才知道"愛"是戀物，對老東西一網情深；而"恨"是文物太多了，永遠買不完，遺珠之憾特別多，真是有趣的一個人！

　　此外，張大成對研究台灣器物史也很有興趣，曾在報章雜誌發表過文章，最近更致力於台灣文獻的收藏及研究。他對於收藏界最大的期盼，就是希望藏家們能夠有系統、更專精深入的研究台灣各類器物，集結成書以做參考，不要只能用"猜"的或"準"的，畢竟這一段歷史可是你我共同走過……。

大成的「庫房」終於爆光了，存放古物也方有一點「銅牆鐵壁」的味道。

日本空軍偵查用的航空相機，不必對焦，一次可拍10張，一切功能正常，保存狀況良好。

阿嬤時代的老鐘、縫紉機都還可使用。

張大成的店，古物琳瑯滿目，希望你「動手動腳」。

徐志陞 抱錢換破碗

彩色魚盤，像三條小魚兒悠遊在水中。

徐志陞和他的老盤舊碗。

收藏是一件很有意思的事，而收藏家喜歡的物品千奇百怪，也說不出一定的道理；青年收藏家徐志陞就是一個典型的例子。20歲時迷上台灣老磁磚及被認為LKK才有興趣的舊碗老盤，多年來四處蒐尋，藏品曾經高達700多件，其中不乏許多老台灣碗盤精品，並且在2001年基隆市文化中心舉辦的「台灣早期碗盤暨陶器收藏展」獲得諸多好評。

收藏界綽號「基隆小徐」的徐志陞，原先是個國小代課老師，也在貿易公司上班。徐志陞對古碗盤的迷戀堪稱「痴」字來形容，為了第一手看到古物貨品，清晨3點半就跑到跳蚤市場，雖然販仔腳6點才會到，小徐寧可在現場守候；也曾經在九份看中一個「大魚盤」，死纏了主人1年，最後對方終於耐不過他的哀求而割愛，價格還特別少了3,000元，抱著魚盤回家時全身只剩100元車錢，心情卻有筆墨難以形容的快樂。

徐志陞收藏的古早陶瓷以盤、碗、匙、碟為主，其中有許多繪有祈福避邪圖飾，繪上「魚」象徵「有餘」、畫上「蝦」表示「生氣活躍」、「雞」為「吉」及「起家」、「鶴」音同「好」為「長壽」的象徵；這些圖案運筆自如，線條輕美瀟灑，是台灣民間藝術的表現，也反映當時農業社會生活的艱辛，碗盤中有雞、魚、蝦等佳餚是民眾深切的渴望。小徐也收藏特殊的筷子筒，其中一個「送財童

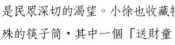

台灣早期各式的小碟子，顏色樸素、造型可愛。

小徐住家入口玄關是用56塊老台灣磁磚拼組而成，具有強烈的視覺印象。

子」外型俏皮可愛討人喜歡，據説目前全台才出現一個；另外「鶯歌鳥」筷子筒，造型立體生動，同時釉色迷人，也是不可多得的精品。

問到徐志陞選購古碗盤的標準，他認為日本「開運鑑定團」專家談到的「年代」、「完整度」、「藝術性」、「稀有度」四大評鑑要素很有參考價值，因此一件古陶瓷年代好、藝術性高、完整無瑕、極稀有，肯定是一件值得收藏的佳品。但也有例外的，像他無意間在古董店發現遺留補釘的瓷盤，反映出當時民間生活寧可修補後繼續使用，也捨不得丟棄的情形；那種愛物惜物的感覺，讓小徐當場就買了下來。徐志陞從尚未成家立業就開始「玩物喪志」，到後來玩出一片天空，甚至包括母親及丈母娘都加入尋寶行列，都是他用心耕耘出來的結果，尤其抱著丈母娘為他在宜蘭找到的雙喜雙魚大碗，臉上更是露出無限的滿足。小徐透露，他結婚時特別把兩個心愛的瓷器印在結婚照上，鶯歌鳥筷子筒及送財童子筷子筒；結果「鳥」和「童子」讓他隔年馬上喜獲麟兒，讓他不得不相信文物有靈，可以感應到主人的期待。

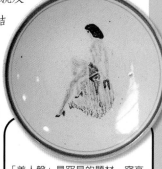

「美人盤」是罕見的題材，穿高跟鞋側身裸露，在保守的年代，算是非常大膽的表現方式。

簡潔的筆法，就能把公雞及花草做生動的描繪，不愧是台灣民間藝術的極至表現。

「送財童子筷子筒」，造型古樸可愛，是小徐的最愛。

「花鳥筷子筒」標準的鶯歌三彩：胭脂紅、藍、咖啡黃三種顏色，尤其鸚鵡鳥神韻逼真，整體顏色、空間佈局佳，具有本土特色。

中藥店的大瓷罐，畫工、顏色、造型俱佳，是難得的精品。

曾克儉 青花少年郎

曾克儉和他的青花世界。

年輕一代投入收藏的人有越來越多的趨勢，「玩古物」、「聽真空管音響」、「開古董車」幾乎是共通的習性。六年級生曾克儉就是一個例子，儘管每天從事的果菜批發工作讓他生活日夜顛倒，但是收藏的功課還是從不停止，收藏的項目也是極為冷門的「日據青花瓷器」。

曾克儉收藏的日據時代青花瓷器有200多件，項目有青花瓷盤、大小瓷碗、瓷便當盒、文房水滴、水仙盤、香爐、青花馬桶、青花便斗、存錢筒、青花磁磚等種類繁多，形狀圖案各異其趣，光是「醬色邊青花大盤」圖案就有100多種；系列性收藏「富士山系列」、「龍鳳系列」、「青花馬桶系列」、「青花便斗系列」也都很精采。問到為何選擇這項冷門古物收藏，曾克儉的回答是「喜歡」，也印證了年輕人直率的個性，收藏不需要有太多理由，喜歡才是最重要。

青花勾芡大盤，直徑46公分，質材厚實，畫工精湛，圖中人物生動活潑，風景層次分明，是難得的精品。

利用工作的空檔進行收藏工作，曾克儉要比一般人用心，即使時間很少，他還是大街小巷深入民宅尋寶。有一次在暖暖古厝找到一個青花老瓷盤；還有一次在鄉下看到一個老狗碗，驚為天人，不顧形象就向前搶奪，結局當然是被狗追得滿街跑；有時曾克儉還會利用過年打掃期間或是颱風過後，巡視各地垃圾堆，常常有意外的收穫；這種情況好像是很多收藏家的通性，意外發現

「雙鶴青花盤」，雙鶴的台語發音有很棒的意思 "雄好"。

「單頂鶴便當盒」，手工繪製，畫面協調，有寧靜之美。

喜愛的古物，都會興奮異常。在這些有趣的經歷中，讓我們看到年輕藏家利用有限的時間、金錢培養自己的興趣，真是位「有心人士」。

來到曾克儉新蓋好的陳列室參觀，發現他是一個細心的年輕人，每樣東西都擺得恰到好處，顏色搭配得十分協調，黑檀木地板把青花瓷器烘托得更加迷人；收納櫃也設計得頗富創意，地板打開就是他的「庫房」，方便又安全。問到如何整理保養舊瓷器，他很有心得的說：「瓷器發黃或是油污，只要用"高利士"漂白水浸泡一週，通常都可完全去除；瓷器上的小裂縫，用牛奶浸泡一週可以有很好的除裂效果；敲下來的老磁磚，用鹽酸浸泡可以把磁磚後的石灰土塊融化」，這些都是很寶貴的建議，可以提供同好參考。

接觸古物近10年，趣事一籮筐，最讓曾克儉滿意的就是每年除夕夜，曾克儉都會拿出珍藏的青花大碗盤，盛裝豐富的菜餚和家人共享，想像自己就是古代的富豪貴族。那一餐飯，大家都吃得意猶未盡，只不過用完餐後，愛古物如痴的他不放心別人觸碰他的碗盤，都要親自一個個小心翼翼的清洗，雖然勞累，曾克儉卻樂此不疲。

「盤子上裝拉鍊？」原來是台灣早期有一種碗盤補釘行業，可以幫家中破裂的碗盤修補。補釘師傅先在破裂成兩半的瓷器上鑽上小孔，在鑲嵌入「冂」字型的銅釘將兩面結合，可以達到滴水不漏完好如初。

「富士山」用青花來表現更有一種神秘之美。

「松竹梅青花便當盒」，日據時期看到一個這樣的便當盒，不用打開，光是想像裡面的食物，就很滿足了。

日據時期青花，有一種特別迷人的「藍」。

205

陳華成

不要"麵包"愛"童玩"

這些老台灣廣告鐵牌，年齡都比陳華成大得多。

六年級五班生陳華成，原先是一位麵包師，由於對古童玩的熱愛，乾脆辭掉工作，專心收集，順便也流通做生意。每天下午，陳華成都會來到永康街附近的錦安市場開店做生意：「松成記」古童玩店在市場內顯得格外突出，店內人氣很旺。

談起陳華成對古童玩的收藏，頗有一段淵源。目前台灣最熱鬧的跳蚤市場就位在住家附近，三重重新橋下是他練功的地方，每天天一亮，陳華成便穿梭在大大小小的攤子間，討價還價是每天必修的功課。兩年時間不到，早期企業鐵招牌、各式老玻璃杯瓶、大同寶寶、尪仔標、Q比娃娃、鐵皮機器人……琳瑯滿目：對於這樣的成績，陳華成並不滿足，他繼續拜訪收藏家、逛古董店，曾經花了81,000塊錢買了四個早期新力電器SONY塑膠娃娃：又因為喜歡感冒優棒球玩偶，花了一整年時間全台尋找，總算讓他收集到12個：更為了全台灣僅有的一隻日立電器吉祥物"日立鳥"而花掉65,000元……，總總超乎常人的行徑，讓他很快就成為頗有規模的收藏家，戰利品堆滿了整個屋子，使得他不得不思考下一步的出路，於是才在錦安市場開店。

陳華成在收藏的過程中，發現中南部玩家和北部玩家喜歡的物品有所不同，剛好為他帶來很好的商業契機，他往往帶著南部朋友喜歡的物品南下賣了一個好的價錢：同時又用較低的價格採購了北部玩家偏好的物品，來回之間有了差價利潤。談到收藏的心得，陳華成認為要學習的知識實

1960～1970年代各種漫畫書，其中「西瓜皮打游擊」系列，是當時很「愛國」的漫畫。

在太多，很多東西都沒有看過；就算看到，也很難判斷價錢，所以多收集資料，結交一些同好、多問多看絕對需要。

談到尋寶的趣味，陳華成說1989年他到台南白河看到一家老藥舖，已經沒有營業，於是他央求老阿嬤把店裡一些老東西賣給他，當時他挑了一台古董收銀機，一個仁丹玻璃櫃，一些老碗盤及中藥，老阿嬤問他多少錢要買，陳華成掏光身上所有的錢只有2,500元，結果居然成交，簡直是撿到寶，讓他興奮了好久。

"童玩"、"鐵牌"是陳華成目前專攻的主力項目，未來希望能多收集一些台灣早期海報。筆者來到他位於三重市的倉庫，看到一屋子的台灣早期櫥櫃、菸酒櫃、老錢櫃……，整理得井然有序，可以說是一位很用心、很努力的玩家。

老娃娃、味素盒、牛奶罐、老玻璃……都是心愛的寶貝。

1970年代軟質卡通玩偶，六年級生應該印象深刻吧！

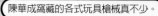

陳華成窩藏的各式玩具槍械真不少。

張文維 黃昏的歌者

張文維童心未泯，偏好古早童玩，常常玩得渾然忘我。

做過民意代表助理，也開過計程車的張文維，終於在古物世界裡找到了一片天空，讓他天天沉浸在老台灣文物當中，玩得不亦樂乎。

人稱「小張」的張文維收藏台灣老東西的年資並不長，卻是一位非常用心的收藏家。一開始，小張收藏的主題是「柑仔店」相關用品，他最直接的方法就是開著車全台尋找老柑仔店，並事先準備好許多相關圖片，在和店老闆閒聊時，秀出來詢問，常常有意想不到的結果：例如在荒廢的倉庫中找出一箱箱的「老廢物」，或是告訴他那裡還可以找到這類東西，讓小張頗有斬獲，甚至有一次從店家清出來的廢棄物中，發現台灣前輩老畫家「謝棺樵」的作品，真是讓他意外的「撿到寶」。

小張為瞭解許多年紀比他還老的台灣文物，勤快地翻閱很多台灣文獻書籍，也收集台灣古早報紙，從老報紙廣告上查證相關資訊，以相互印證藏品的年代及周邊背景，一方面慢慢的累積古物知識，另一方面也便於收藏時下判斷。後來也開始收藏老台灣童玩，因為老童玩是大部分人童年最美的回憶，在接觸的過程中就好像再一次尋回快樂的童年般。另外，小張也很喜歡台灣的老傢俱，日據時期至光復初期，台灣最珍貴的林木都被用來製造上等傢俱，非常值得珍藏。

為了維繫自己收藏的興趣，也為了養家活口，小張開了一家小古物店，流通從各地搜集回來的戰利品。由於人緣佳、生意門庭若市，結交了不少同好，主要顧客年齡層從16～65歲都有，許多藝人也成為他的好

小張店內一隅，佈置得很有「古早味」。

朋友，像張信哲、藍心湄、九孔、方文山、許效舜、周杰倫等；據說有些藝人買了古物會興奮好幾天，心情不亞於出唱片。

日據時期兒童遊戲車，手工木造，飛機造型相當可愛，為罕見的精品，價值約20,000元。

小張建議新手從購買「實用性」古物開始，像傢俱、燈、老玻璃罐、小陳列櫃等，收藏兼實用，會讓收藏更有趣；對已是藏家們建議「利用老東西發展週邊事業」，例如開餐廳、出書、展覽等，不僅可以賺取週邊利益，也可以分享同好。自開店2年多來，張文維認為最快樂的事就是「幫助一些人尋回失落的回憶，並為台灣文物保存盡一份心力」。由於，他發現很多藏家大量收購老東西，只進不出，老東西越來越少，到最後只能仰賴進口古物時，就沒什麼好玩的了，因此他常笑稱自己從事的是「黃昏事業」。

小張位於錦安市場的店內容頗為豐富，吸引許多人潮。

日據時期嬰兒車，作工細膩，車型優雅，當時一定是個很「卡哇依」的嬰兒所擁有，古董市場行情約18,000元。

童年樂園

介紹台灣懷舊主題空間

童年樂園

PART 4

一群可愛的小朋友，走在40年前台中的老街道，

導覽老師提高嗓子解說著街道上的景物，

此起彼落的讚嘆聲夾雜著歡笑聲，消失在街道的盡頭。

這不是一部老電影情節，

是發生在台中「香蕉新樂園」人文生活館的一個現實場景，

小學生的課外鄉土教學，參觀一座原本為商業用途的懷舊餐廳，

經過業主的精心設計，竟然成為珍貴的鄉土文化教材，

進而被遴選為全台50大博物館之一；

這樣的殊榮，創作者連「造夢」都沒有料到。

童年的時光，美好的記憶，總是令人懷念；

時間無法倒轉，空間卻可以再造。

透過一幕又一幕的故事場景，我們居然回到了童年的樂園，

和自己的記憶展開對話……

黑松世界

記得小時候最喜歡陪爸爸、媽媽去喝喜酒了，應該説去喝汽水才對！

當時所有的喜慶宴會上一定會有黑松汽水，在社會普遍貧窮的時代，能喝到汽水，當然是最大的享受了；那種香甜可口的「氣」和「味」，相信沒有一個孩子能夠抵擋得住它的誘惑。喝黑松汽水是台灣人共有的體驗及文化，生活中幾乎少不了黑松；黑松企業也跟著我們一起成長，歷年來推出了黑松沙士、果汁、可樂、咖啡等商品，宛如台灣的一部飲料史。

1924年，台北後火車站鄭州路有一家由日本人經營、生產彈珠汽水的「尼可尼可」商會有意出讓，於是由張文杞先生為主的七位堂兄弟合資，以日幣19,000元買下了「尼可尼可」商會設備，於長安西路設立工廠，創立了「進馨商會」，至1925年4月14日正式開業，種下了黑松企業的幼苗。

◎開放時間
每週二至週日 11:00～20:00
每週一（逢國定假日照常開館，隔日順延休館及除夕、初一休館）。
◎費用
完全免費參觀
◎導覽預約
（02）6600-8888轉3890
（02）2752-5589
◎地點
台北市復興南路一段39號「微風廣場」B區(圓頂建築物)2F

「進馨商會」早期以產銷「富士牌」、「富貴牌」中汽水及「三手牌」彈珠汽水；一直到1931年「黑松汽水」才正式上市，開始使用「黑松」商標。1934年「鮮泡汽水」上市；銷售極佳的「黑松沙士」則於1950年上市；1961年「黑松大果露、中果露(可樂)」上市；1963年「黑松天然果汁」上市；1966年「黑松中、小蘋果汽水」上市；1970年更名為「黑松飲料股份有限公司」；1976年「吉利果」系列產品上市；1980年「綠洲」系列產品上市；1981年正式更名為「黑松股份有限公司」；1983年開始生產「寶特瓶」產品；1985年「歐香咖啡」

五○年代復古老街，是黑松世界的主題區，讓很多參觀遊客駐足留連。

上市。從歷年來這麼多的黑松產品中，我們發現：原來黑松早就深入每一個家庭，與我們的生活發生極為密切的關係。

為了紀錄黑松與台灣社會一起成長的記憶，「黑松世界」因此誕生，

它坐落在台北市「微風廣場」購物中心內，也就是黑松公司台北舊廠。特別委託日本著名的專業博物館設計師久光重夫先生設計，以過去、現在、未來為設計概念，結合多媒體、黑松文物、五○年代台灣老街做為主軸，呈現黑松與台灣社會的演變與歷史記憶，目前已被台北市政府列為28處重點文化設施之一。

進入「黑松世界」，宛如進入時光隧道一般，隨著黑松歷年來的商標變化，回顧近80年來黑松及台灣大世紀。緊接著是五○年代仿古老街，經過「進馨商會」、「美樂麗唱片行」、「一味珍擔仔麵」、「福記商號」、「發財獎券行」、「明星理髮廳」、「第一劇場」讓人發思古之幽情，館內每半個小時更播出結合音樂與燈光的絢麗燈光秀，在6米高的光纖星空下，讓參觀者體驗一天黃昏到清晨的時序變化。通道左方是「黑松飲料工廠文物區」，展示黑松早期製造的飲料及盛裝飲料的工具，呈現飲料工業的歷史演變，其中有許多珍貴的歷史照片。

未來區「魔幻劇場」裡，每半小時播放一次「魔幻時空之旅」，將帶你來一趟時空之旅，很受小朋友的喜愛。多媒體展示區展示「黑松歷年廣告影片」，讓大家重新回味這些曾經伴隨我們一起成長的經典廣告。

另外，館內的服務台也很有特色，走進一看，原來是一台福斯小貨車所改裝的，頂上還載著一瓶超大型黑松汽水，相當有趣。逛累了，還可以在休憩區放鬆一下，坐在休閒椅上，喝一瓶黑松飲料，看著兒時熟悉的街道，享受復古浪漫的心情……。

走進黑松世界歷史特區，就彷彿進入了時光隧道。

各個不同時期黑松沙士的包裝方式。

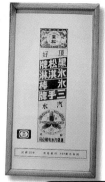

1946年進馨汽水公司
的廣告貼紙。

黑松汽水歷年來的瓶子。

福斯小貨車所改裝的服務台，很吸引人，
相當具有創意；此外「黑松世界」也首度
在台引進日本自動販賣機，可以販售200
種產品，讓消費者有多樣化的選擇。

黑松歷年來經典廣告。圖片中1955年黑松鮮泡廣告小女孩,在「黑松世界」開幕慶祝活動時曾回來與大家相聚,據說已長得非常「大」了!

第一劇場正在放映歌唱愛情悲劇「舊情綿綿」,由洪一峰、白蓉主演。

標準的台灣柑仔店,黑松瓶蓋招牌,樓上還曬著麵粉袋做成的內衣。

香蕉新樂園

這是一個結合文化、餐飲與藝術的綜合性主題館。時空回到台灣五○～六○年代,當時經濟、民生活動正要起飛,生活中夾雜著日治時代所留下的殖民印記,透過業者的文物收藏,還原那段失落的生活記憶,將實物回歸至原本使用的空間;不同的故事場景,一幕接一幕,連成一條街,一條台中40年前的老街。

這是「香蕉新樂園」人文生活館所強調的主題,透過業者用心的設計經營,所呈現出來的多元風貌,像一座台灣日據時代的常民生活博物館,

坐落在台中雙十路上的「香蕉新樂園」,外觀像一個大型製片場。

◎開放時間
AM11:00～AM2:00／最晚進場時間 00:30
◎預約專線
(04)2234-5402 (僅限包廂、會議室)
◎供餐時間
茶食、餐飲全天供應
【精緻套餐】11:00～13:45／18:00～20:45
【單點快炒】11:00～13:45／18:00～20:45
◎地點
台中市雙十路2段111號(育仁小學/孔廟斜對面)

新樂園大門是一片老台灣豪宅大門,氣派而具美感。

值得懷舊一族前來參訪回味。來到這裡你將會看到巴洛克式建築的特色，隨著懷舊石子路的行進，兒時的商店出現在兩旁：有天送寫真館、金大方理髮店、富士商行、春露商店、明治果子、厚生齒科醫院、長生醫院、太合堂藥行、樂舞台大戲院；二樓部分規劃為新樂園電影館，展示台灣舊電影道具及相關用品，未來還要播放自製實驗性電影，全部都是道地的台灣原味。

踏著懷舊的石子路，日治時期的老商店豎立在兩旁。

入口處牆上，老眷村的布告欄訴說著古老的故事。

「榮興行」販賣復古紀念品，請舊雨新知多多光顧。

老郵筒、老鐵馬、可樂娜小汽車載我們到「新樂園」。

在那個時代「保密防諜」可是很重要的事，也要常常做好防颱措施。

「青柳綠畔小京都，文風古意老台中」，點出春露商店街意境。

香蕉新樂園內收集了許多台中早期的文獻資料。

二樓電影館內展示大型放映機。

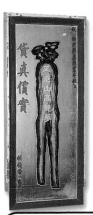

「正老山高麗蔘」貨真價實，彩繪得很可愛。

古裝大戲「西施」道具，正在二樓上映。

「黃昏的故鄉」正在上演，下一檔的強片在這裡。

「痔瘡勿免驚」，新樂園內「長生醫院」門口掛的一塊廣告板，不知所言屬實？

火車博物館

同樣坐落在台中雙十路的火車博物館，是收藏家吳傳治對文化推廣的另一件作品。他將原本行駛在東海岸的柴油客拖車「叮噹車」，位移至台中街角，使車廂還原舊風貌，讓民眾踏著枕木階梯，登上月台，搭乘「文化列車」，走過綠色坐椅、撫摸著置物鋼架；在一格一格的藝文展演中，找到下一個文化驛站；在全省南北交織的經緯線中，定位出屬於自己的藝文空間。走入文化列車，就像走入全省藝文資訊庫；雖是舊空間，但卻是新饗宴。

◎開放時間
AM11:00～PM10:00
◎費用
完全免費
◎預約專線
(04)2234-5402
預約限小朋友團體(每次20人) AM10:00～AM11:00
◎地點
台中雙十路2 段111號(香蕉新樂園門口)
◎檔次
展品每季更換一次

火車上兼賣復刻版鐵皮玩具及紀念品。

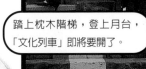

踏上枕木階梯，登上月台，「文化列車」即將要開了。

火車博物館當然要有「鐵路便當」。

「叮噹車」改裝成展覽館,增加很多趣味。

火車內展示的企業娃娃。

柑仔仙、套圈圈、中國強、玻璃彈珠,兒時的情境浮現在眼前。

老鐵皮玩具展示,吸引很多大朋友參觀。

台灣早期鐵盒包裝很有特色。

精采的鐵盒子。

鹿港老戲院

懷舊餐廳 老戲院

你還記得小時候最愛去的柑仔店嗎？你還記得一顆一塊錢的沙土糖嗎？紅色外殼的撥式公共電話，現在還在你的回憶裡嗎？"鹿港老戲院懷舊餐廳"不在鹿港，而在台北市／土城；是家門口設計得像老戲院票口的懷舊餐廳，要讓時光倒轉，回到六○年代的場景中，和你一起重溫兒時記憶。然而在這樣的時空裡，更要讓你嚐到美食、吃到古早味。

◎開放時間
AM11:00 ~ AM3:00 (全年無休)
◎預約專線
台北忠孝店／ (02)87731481
土城店／(02)29649998
◎地點
老戲院懷舊餐廳／台北市忠孝東路4段223巷42號
鹿港柑仔店懷舊餐廳／土城市廣興街14號

2003年鹿港老戲院懷舊餐廳在台北東區誕生。

餐廳入口處停放著老闆送貨用的鐵馬。

懷舊餐廳

店主胡宏明收藏了很多廣告鐵牌,陳列在店內。

整櫃的仁丹相關產品,是店主用心搜括來的。

門前的售票口,常常引起路人的錯愕,以為真的是一家戲院。

在老博愛路中喝杯午茶,是一種全新的感受。

懷舊餐廳內，吧台設計成老柑仔店，吸引用餐者的目光。

地下一樓還有一家理髮廳，可以讓客人的眼睛馬殺雞一下。

候選人也跑來店裡張貼海報，懇請您的支持。

位於土城的「鹿港柑仔店懷舊餐廳」，電影看板很吸引人。

柑仔店懷舊餐廳展示許多店主的收藏品。

鐵路餐廳

台灣鐵路由於新山線的完成，致使舊山線面臨廢除的命運，然而舊山線擁有許多人文、歷史的特殊價值，引起地方人士維護保存文化資產的共識，轉型成為觀光鐵路，帶來更多的商機。三義「鐵路餐廳」位於全台鐵路最高點——勝興車站旁，海拔402.326公尺，沿途風光明媚、空氣清靜，尤其每年四、五月間油桐花開，滿山遍野好像下起了白雪一般。

三義「鐵路餐廳」是由一群愛好鐵路文化的人所組成，房屋本身是一棟舊建築；屋主就是老站長，因此內部陳列了許多和鐵路有關的文物：剪票口、候車室木牌、站長服、剪票器、手搖電話、信號旗、老油燈等一應俱全，宛如一座小型車站。正隔壁就是勝興車站，原名叫做「十六分信號場」，為一日式風格、全棟純木設計的建築，保存得很完整，適合拍攝懷舊照片；再往裡頭走一點，還有一棟日式住宅、黑瓦古樹，很有味道，也是電視復古劇、廣告片經常拍攝的場景，適合懷舊族來此一遊。

◎開放時間
週二至週五
AM11:00～PM2:00
PM5:00～PM9:00
週六週日
AM10:00～PM3:00
PM4:30～PM9:00
週一公休
◎預約專線
(037)870901~2
◎地點
三義鄉勝興村86號
(勝興火車站旁)
◎特色
阿嬤的手路菜、薑絲大腸、福菜湯、竹筒草蝦

「鐵路餐廳」是老站長的家，本身就是一棟舊建築。

入口處的「停、看、聽」頗有趣味。

老站長的帽子、大衣還掛在餐廳牆上。

鐵路老鐘旁邊貼國旗頗「速配」。

剪票口小木匾字體古拙可愛。

勝興車站原名叫做「十六分信號場」，工作帽、信號旗很符合場景需要。

想像火車就從餐桌旁呼嘯而過。

可樂瓶、茶杯座，再加一朵蝴蝶蘭，美到極點。

海拔402.326公尺，勝興車站是全台最高的火車站。

火車上的老茶杯，讓人回想起坐火車的情境。

油桐花開的季節，鐵路餐廳擠滿了用餐的客人；阿嬤的手路菜，反應極佳。

勝興車站，純木造設計，保存得很完整。

可愛的售票口，一切浪漫
的故事就從這裡開始……

老站長的公事包訴說
著老火車站的故事。

這個親切的鐵盒，就是
懷念的「鐵路便當」。

午後的鐵路餐廳，呈現一片寧境安詳的氣氛。

懷舊好去處

● **郵政博物館**
台北市重慶南路二段45號 (02) 2394-5185

● **台北市二二八紀念館**
台北市凱達格蘭大道3號 (02) 2389-7228

● **台北市兒童交通博物館**
台北市中正區汀州路三段2號 (02) 2369-0001

● **國立中正紀念堂**
台北市中山南路21號 (02) 2343-1119

● **樹火紀念紙博物館**
台北市長安東路二段68號 (02) 2507-5539

● **黑松世界**
台北市復興南路一段39號B區2樓 (02) 2706-2191

● **國立故宮博物院**
台北市士林區至善路二段221號 (02) 2881-2021

● **台北市北投溫泉博物館**
台北市北投區中山路2號 (02) 2893-9981

● **世界宗教博物館**
台北縣永和市中山路一段236號7樓 (02) 8231-6666

● **坪林茶業博物館**
台北縣坪林鄉水德村水聳淒坑19之1號 (02) 2665-6035

● **李梅樹紀念館**
台北縣三峽鎮中華路43巷10號 (02) 2673-2333

● **鶯歌陶瓷博物館**
台北縣鶯歌鎮文化路200號 (02) 8677-2727

● **淡江大學海事博物館**
台北縣淡水鎮英專路151號 (02) 2623-8343

● **李天祿布袋戲文物館**
台北縣三芝鄉芝柏山莊芝柏路26號 (02) 2636-7330

● **中正航空科學館**
桃園縣大園鄉埔心村航站南路9號 (03) 398-2179

● **河東堂獅子博物館**
宜蘭縣頭城鎮濱海路四段36號 (03) 978-0782

● **宜蘭縣縣史館**
宜蘭市和平路453號 (03) 933-2868

● **宜蘭縣政府文化局台灣戲劇館**
宜蘭市復興路二段101號 (03) 932-2440

● **宜蘭酒廠甲子蘭酒文物館**
宜蘭市舊城西路3號 (03) 932-1517

● **宜蘭設治紀念館**
宜蘭市舊城南路力行3巷3號 (03) 932-6664

● **二結庄生活文化館**
宜蘭縣五結鄉舊街路98號 (03) 954-2873

● **白米木屐館**
宜蘭縣蘇澳鎮永春路174號 (03) 995-2653

● **新竹市立影像博物館**
新竹市中正路65號 (03) 528-5840

● **新竹市立玻璃工藝博物館**
新竹市東大路一段2號 (03) 562-6091

● **三義木雕博物館**
苗栗縣三義鄉廣盛村38鄰廣聲新城88號 (037) 876-009

● **台中縣立文化中心編織工藝館**
台中縣豐原市圓環東路782號 (04) 2526-0136

● **台灣省政府資料館**
南投市中興新村中正路2號 (049) 239-4876

● **國史館台灣文獻館**
南投市中興新村光明一路252號 (049) 231-6881

● **南投縣史館及南投陶展示館**
南投市彰南路二段65號 (049) 220-2430

● **嘉義市交趾陶館**
嘉義市忠孝路275號 (05) 2788-225

● **高雄市客家文物館**
高雄市三民區同盟二路215號 (07) 315-2136

● **高雄縣政府文化局及皮影戲館**
高雄縣岡山鎮岡山南路42號 (07) 626-2620

● **美濃客家文物館**
高雄縣美濃鎮民族路49之3號 (07) 681-8338

● **鄉土藝術館**
屏東市民學路2號 (08) 723-1637

● **屏東縣客家文物館**
屏東縣竹田鄉西勢村龍門路97號 (08) 769-4722

● **恆春半島原住民手工藝文物館**
屏東縣牡丹鄉東源村51號 (08) 883-0463

● **國立台灣史前文化博物館**
台東市豐田里博物館路1號 (089) 381-166

THANKS
真多謝

本書的製作過程十分艱辛，大量文物的拍攝及考證工作
有賴於各博物館、收藏家、古董商、文史工作者協助才能順利完成，
在此致上萬分的感謝……

致謝單位
黑松世界博物館・農村民俗文物館
台灣香蕉新樂園人文生活館
火車博物館・勝興鐵路餐廳・鹿港老戲院懷舊餐廳
大仙集藏閣・秋江紀念館籌備處・50年代童玩世界
天方夜譚文物館

致謝人士 (按筆劃順序)
王淡如、林于昉、吳傳治、吳志鴻、徐志陞、
胡宏明、陳昱銘、陳華成、陳進鎰、彭東週、曾克儉、張大成、
張文維、郭娟靜、戴勝梧

GUIDE 概的

概的系列，願做你休閒、生活、玩樂的嚮導

郵 遞 區 號

106

〈收件人〉

台北市仁愛路四段
125 號 9 樓

上旗文化事業
股份有限公司「讀者服務部」

www.ezguide.com.tw

◆會員基本資料

姓 名		生　　日			男・女
		年	月	日	
電 話	(公) (宅)	學 歷	01 研究所以上　02 研究所 03 大專　04 高中職　05 國中		
傳 真		電子郵件 信箱			
住 址	□□□				
職 業	01 經營者　02 公務員　03 教　師　04 軍　人　05 學生　06 家庭主婦　07 製造業 08 金融業　09 傳播業　10 出版業　11 服務業　12 旅遊業　13 其　他（　　　　　　）				

◆您希望以何種方式收到最新書訊？　　□ 郵寄　　□ 電子郵件　　□ 傳真
◆您是否曾經寄過本公司的服務卡？　　□ 是　　□ 否
◆請填寫您所購買的叢書資訊

書 名		（書店名）
	購買地點	

◆ 感謝您對本書的厚愛，您的意見將敦促我們出版更好的叢書
◆ 請詳填回函卡，以便成為『上旗讀者俱樂部』會員，您將不定
　 期收到精美書訊，並享有購書優惠折扣以及預約新書的權利

請圈選您所認為適當的選項

◆您從何處得知本書

01 書店　02 報紙（　　　　　　　　　）　03 雜誌（　　　　　　　　　） 04 電視節目（　　　　　　　　）05 網站（　　　　　　　　　） 06 上旗文化書訊目錄　07 書展會場　08 讀書會　09 圖書館　10 親友介紹 11 其　他（　　　　　　　）

◆您對本書的製作品質：

a.內容──01 好　02 普通　03 不好 b.編輯──01 好　02 普通　03 不好 c.印刷──01 好　02 普通　03 不好 d.裝訂──01 好　02 普通　03 不好

◆您認為本書的訂價：

01 物超所值　02 可接受　03 偏高………希望訂價（　　　　　　　　）

◆您希望本公司能加強出版哪一類的書

01 旅遊　02 生活情報　03 財經企管　04電腦　05 潛能開發　06 醫學常識 07 心靈小品　08 婚姻愛情諮商　09 小說　10 報導文學 11 其　他（　　　　　　　）

◆您對本書的建議及感想：

GUIDE 概的

Life Guide 17

老台灣柑仔店

3000件藏品、500多張圖片懷舊大蒐集

NT$450 HK$150

作　　者	蕭學仁
主　　編	張尊禎
美術設計	小珊工作室
封面設計	張小珊

發 行 人	陳照旗
出 版 者	上旗文化事業股份有限公司
出版執照	局版北市業字第七四六號
劃撥帳號	18863872上旗文化事業股份有限公司
發 行 所	台北市仁愛路四段125號9樓
網　　址	www.ezguide.com.tw
E - M a i l	sunkids @ ms19.hinet.net
電　　話	(02)2777-5565、2711-1908
傳　　真	(02)2731-9920
出版日期	2003／06 初版一刷
I S B N	957-8280-93-9

GUIDE 概的

是 一系列結合書與雜誌編輯概念的生活雜誌書，也就是MOOK，完全從讀者的實用角度著眼，以易讀、易懂、活潑的雜誌編輯方式，結合書的保存價值，便於讀者查閱或按指示獲得解答。

GUIDE 概的 精神

「概要的」抓住書上重點，就可以和別人天南地北「亂蓋」一通。

「大概的」主題均包羅萬象，無論怎麼「臭蓋」都不會離譜。

「GUIDE概的」資訊整理清晰，指引明確，符合現代人新、速、實、簡的要求，絕對不是隨便「蓋的」。

GUIDE 概的 系列

1.TRAVEL GUIDE：詳細旅行情報，告訴你那裡好吃又好玩、如何玩得盡興。

2.FOOD GUIDE：美食的秘方與好吃店家，教你做個饕客專家。

3.LIFE GUIDE：不管是美容、穿衣，或是園藝、健康，統統讓你成為生活行家。

4.BUSINESS GUIDE：如何投資理財？如何提高工作效率？完全圖解讓你一點就通。

5.OVERSEAS GUIDE：面面俱到的海外旅遊資訊、圖文並茂的視覺閱讀，讓你輕易成為海外旅遊通。

6.CITY GUIDE：完整的資訊情報，讓你充分享受定點城市的知性、深度之旅。

7.CHINA GUIDE：完整的旅遊情報，讓你充分掌握博大精深的中國旅遊。

國家圖書館出版品預行編目資料

老台灣柑仔店：3000件藏品、500多張圖片
懷舊大蒐集／蕭學仁作. ----初版. ---台北市：
上旗文化，2003〔民92〕
面； 公分. ---- (Life Guide；17)
ISBN 957-8280-93-9 (精裝)
1. 民俗文物—臺灣—圖錄

673.24024   92007504